# ちょんまげ、くろにくる

## ぽんぽこ もののけ江戸語り

高橋由太

角川文庫 17312

# 目次



イラスト／Tobi

【主な登場人物】

**相馬小次郎**——口入れ屋を頼り、用心棒などで生計を立てる貧乏浪人。〝ちょんまげ、ちょうだい〟の二ッ名を持つ祖父・相馬二郎三郎に剣術を叩き込まれている。

**ぽんぽこ**——小次郎と一緒に暮らす半妖狸。見た目は絶世の美少女。枯れ葉を頭に乗せて自由自在に化ける。玉子焼きに人生をかけている。

**白額虎**——唐〈もろこし〉で仙界を二分する大合戦があったときに、道士の一人が騎乗していた虎。小次郎の長屋に居候している。普段は白猫の姿をしている。酒好き。

**柳生廉也**——柳生十兵衛を父に持ち、先代の風魔小太郎の妹・蓮を母に持つ。小次郎すらしのぐ剣術使いであるが病弱。女のような容姿の持ち主。

**丸橋弥生**——宝蔵院流槍術の達人で、幕府に反旗を翻し処刑された丸橋忠弥の娘。生きるために女であることを捨て、男装で用心棒などの日雇い仕事をこなしている。

**善達**——かつて柳生十兵衛に従っていたが、十兵衛の死をきっかけに廉也と行動をともにする。弁慶のような大男。

**柳生宗冬**——将軍家剣術指南役の柳生新陰流の江戸当主。廉也の叔父にあたる。

**真田幸村**——地獄から小次郎を倒すために蘇ってきた〈帰煞〉。強い者と戦うことを望み、小次郎の味方となる。

**雑賀孫一**——幸村と一緒に地獄から蘇ってき

た〈帰煞〉。八咫烏の紋の鉄砲を操る。織田信長を撃った男。

**出雲阿国**——幸村と一緒に地獄から蘇ってきた〈帰煞〉。戦国時代の名は〝霧隠才蔵〟。霧を自由自在に操る希代の忍び。

**猿飛佐助**——真田十勇士で有名な猿飛佐助の孫。正体を隠し、小次郎の長屋で暮らしていたが、幸村と出会うことで、本来の姿を見せる。

**葛葉姫**——安倍晴明を生んだ白狐。晴明とともに江戸城を略取する。

**安倍晴明**——平安時代の陰陽師。江戸に蘇り、母である葛葉姫と江戸城を略取する。戦国武将を地獄から蘇らせたのも晴明の術。

**相馬時国**——小次郎の父。家康の血を引くことを知り、将軍の座を狙う。

**相馬二郎三郎**——小次郎の祖父。かつて徳川家康の影武者として〝ちょんまげ、ちょうだい〟と呼ばれていた。その正体は徳川信康。

【前巻までのあらすじ】

時は徳川四代将軍の治世。下町神田では、腹を空かせた美貌の剣士と、可愛らしい町娘姿の狸の妖《あや》かしが町を彷徨っていた。

二人の名は、相馬小次郎とぽんぽこ。小次郎は、徳川家康の影武者を務めていた〝ちょんまげ、ちょうだい〟こと相馬二郎三郎を祖父に持つ、相馬蜉蝣流を操る剣士だった。侍どもの髷を切り落とすという噂から始まった〝偽ちょんまげ、ちょうだい〟騒動を、見事解決した小次郎とぽんぽこだったが、それもつかの間、江戸では新たな騒動が勃発していた。戦国の世から蘇った亡霊が、江戸湾に現れたのだ。江戸を守る四神の結界の一角〝お鶴ちゃん〟を助けるため江戸湾に向かう小次郎とぽんぽこだったが、そこには、積年の恨みを抱えた魔人〝鬼若子〟長宗我部元親とその水軍が待ち構えていた。その後も、次々に江戸に現れる亡霊たち。〝甲斐の虎〟と呼ばれる強大な騎馬部隊を率いる武田信玄、〝毘沙門天〟の生まれ変わり上杉謙信・虎千代、そしてさらには、小次郎の父・相馬時国までもが小次郎の前に立ちはだかる。

仲間たちとなんとか亡霊たちを排除した小次郎だったが、江戸にはさらなる強大な敵が降臨したのだった。ぽんぽこが言う。

——お狐様が江戸に来たのでございます。

廉也、孫一、合流した霧隠才蔵、真田幸村らとともに、白狐とその御子の陰陽師・安倍晴明に乗っ取られた江戸城を奪還するため、小次郎とぽんぽこの新たな戦いが始まった——。

# ちょんまげ、くろにくる

ぽんぽこ もののけ江戸語り

# 序　影武者

武士は食わねど高楊枝《たかようじ》とはよく言ったもので、一紙半銭の貯《たくわ》えもない二本差しがあふれている江戸の町だが、かつて戦国一の影武者と呼ばれた〝ちょんまげ、ちょうだい〟こと相馬《そうま》二郎《じろう》三郎《さぶろう》も例外ではない。すっかり平和になった江戸の町で食うに困っていた。

「二郎三郎様、何かあてがあって徳川《とくがわ》を出たのではなかったのでございますか？」

ぐるるぐるると腹を鳴らしながら、狸娘のぽんぽこが二郎三郎の顔を見ている。

「あてなどあるわけなかろう」

二郎三郎は正直に言う。あてがあれば、ろくに畳もない、しかも紙より薄い壁の貧乏長屋で狸娘と二人で膝《ひざ》を抱えているはずがない。

「どうして、家康《いえやす》様のもとを去ったのですか？」

よほど腹が減っているのか、ぽんぽこはしつこい。

しかし、ぽんぽこの言うことも分からぬではない。

徳川家康の影武者〝ちょんまげ、ちょうだい〟こと相馬二郎三郎。

その正体は死んだことになっている家康の嫡男・徳川信康《のぶやす》である。誰がどう考えたって、江戸の片隅で空の米櫃《こめびつ》を抱えている身分の男ではなかろう。

豊臣《とよとみ》家を滅ぼし、家康は名実ともに天下人となったわけだが、二郎三郎の活躍によって天下を取れたと言っても過言ではない。

「お城にいらっしゃれば、玉子焼きを食べられましたのに」

ぽんぽこが悲しそうな顔をする。狸娘にとっては天下より玉子焼きの方が大切であるらしい。

「今さら、そのようなことを言うではない。捨ててしまったものは仕方あるまい」

二郎三郎は不機嫌になる。

「ですから、どうして徳川を捨ててしまったのでございますか？」

狸娘は食い下がる。

「どうしてだと？　身分に執着せず消えた方がかっこいいからに決まっておろう」

二郎三郎は言ってやった。

ぽんぽこは驚いたように、ぽかんと口を開けている。やがて、正気に返ると、再び、二郎三郎に言葉をかけて来た。

「二郎三郎様……」

「なんだ?」

「もしや、お馬鹿なのでございますか?」

ぽんぽこは無礼なことを言う。人外の狸娘だけに、家康公の嫡男を相手にしても言うことに容赦がない。

「馬鹿でなければ、合戦などできん」

胸を張る二郎三郎に、ぽんぽこは困った顔で言うのだった。

「もう合戦は終わってしまいました」

# 一　江戸城の守《も》り人

## 1

「これより軍議を始める」

将軍剣術指南役である柳生《やぎゅう》家当主・柳生宗冬《むねふゆ》が口を開いた。

窓一つない破れ寺の一室に、蠟燭《ろうそく》が一本だけ立てられている。宗冬が呼吸をするたびに、蠟燭の炎がゆらゆらと揺れた。

炎に照らされながら、宗冬は言葉を続ける。

「葛葉姫《くずのはひめ》とかいう狐の化け物は江戸城を手中に収めておる。騒ぎが起こっておらぬところを見るに、おかしな術で上様を始め側近たちを騙《だま》くらかしておるのであろう」

葛葉姫に襲われ、全身に傷を負ったにもかかわらず、宗冬は軍議を進める。その姿は徳川への忠義を絵に描いたようである。宗冬自身もおのれのひた向きな姿に感動し、涙を流さんばかりだった。

さらに言葉を続けようと、口を聞きかけた宗冬の動きが止まり、

「む？」

と、怪訝《けげん》顔になった。

いつの間にやら、宗冬の前から、ひとけが消えていた。残っているのは、わずか二匹だけであった。

「宗冬様、お話を続けてください」

——早くせぬか、馬鹿剣士。

ぽんぽこと白額虎《はくがくこ》だけが、ちょこんと座り、宗冬に話の先を促している。

先刻までいたはずの相馬小次郎《こじろう》や柳生廉也《れんや》や丸橋《まるばし》弥生《やよい》、それに真田《さなだ》幸村《ゆきむら》たちの姿が消えている。

「どこに行きおったッ」

いくら怒鳴っても、やはり連中の姿はどこにも見あたらない。

「小次郎様たちは、お城に行ってしまいました」

ぽんぽこが律儀に答える。その隣で、白額虎が退屈そうに欠伸《あくび》をしている。

「軍議の途中で、しかも、わしを置いて行ったというのか？」

宗冬には信じられない。断りもなく軍議を中座するなど、即刻、打ち首にしてもよいほどの大罪である。

事の重大さが分からぬのか、ぽんぽこと白額虎は、すでに宗冬の話を聞いていない。勝手に二匹で何やら話し始めている。

――軍議とやらが終わったようだのう、ぽんぽこ。

「そのようでございます、白額虎様」

――それでは、わしらも江戸城とやらへ行くとするかのう。

「あい」

妖《あや》かし二匹までが宗冬を置いて寺から出て行ってしまった。

「おぬしら、この宗冬を何と心得るッ」

誰もいなくなった寺の一室で、宗冬が怒鳴り散らしていると、ひょっこりとぽんぽこが戻って来た。

ぽんぽことやらは狸娘とはいえ、かつて家康公の影武者と行動をともにしていただけあって、礼儀というものを知っているらしい。

「宗冬様」

ぽんぽこが真面目な顔で呼びかける。

「何だ？」

宗冬は重々しい声で返事をする。戦国の世に名を馳《は》せた影武者〝ちょんまげ、ちょうだい〟になった気持ちであった。

すると、ぽんぽこは宗冬に言ったのだった。

「眠る前には、必ず蠟燭の火を消してくださいませ。火事は危のうございます」

そして、さっさと行ってしまった。


このころ、小次郎たちは、すっかりひとけのなくなった夕暮れ時の大川堤で話し込んでいた。

「江戸城を攻めるなんぞ、面白《おもしれ》えな」

雑賀《さいか》孫一《まごいち》が大口を開けてよろこんでいる。先刻から町中に響くほどの大声で喚《わめ》き続けていた。

「静かにせよ、孫一」

と、たしなめる振りをしながら、幸村自身も笑みを隠せていない。

「おぬしらなあ……」

小次郎の口からは、ため息ばかりが零《こぼ》れ落ちる。

徳川家康でさえ恐れた武将・真田幸村に、織田信長《おだのぶなが》を撃った男・雑賀孫一。

一見、味方にすると頼もしいように思えたが、その実、この二人はただの合戦好きであった。

今回も、細かい理屈抜きに、江戸城を攻められると張り切ってやって来ただけで、徳川を救おうなどとは微塵《みじん》も考えていないに違いあるまい。

「これだけの人数で江戸城を攻めるのは難しいと思います」

真面目な廉也が言う。

集まっているのは、小次郎、廉也、弥生、善達《ぜんたつ》の四人に、幸村、孫一、出雲阿国《いずものおくに》、それに佐助《さすけ》を加えた合計八人である。

「八人もいれば充分だろう」

孫一は根拠のない自信に満ち溢《あふ》れている。

「馬鹿な。江戸城は天下の名城だぞ」

小次郎は孫一の脳天気さに顔をしかめる。もともと強固であった城を、さらに徳川家康が風水までも利用してより強固にしたのだ。

八人どころか八万の兵に攻められたところで、びくともしないだろう。下手をすれば、八十万の兵でも難しい。

「何か策があるのか？」

戦国きっての合戦上手と呼ばれていた幸村に聞いてみる。大坂の陣のときには、たった一人で家康を追い詰めるほどの作戦を立てている。

「天下を取る戦《いくさ》ではない」

幸村は答えるが、小次郎には、この赤い男が何を言っているのか分からなかった。

「どういう意味だ？」

小次郎は聞くが、笑うばかりで幸村は答えようとしない。

幸村と孫一に戸惑う小次郎を見て不憫《ふびん》に思ったのか、巫女《みこ》装束の踊り女――出雲阿国が口を挟んだ。

「策などないと幸村様は申しております」

「おぬしらなあ……」

期待しただけ無駄であった。どっと疲れの出た小次郎が肩を落としかけたとき、それはやって来た。

最初に見つけたのは、幸村や孫一相手の話に加わっていない弥生だった。

「白狐《びゃっこ》が走って来る」

弥生は油断なく鯉口《こいぐち》を切った。

見れば、大川堤の小道を小犬ほどの大きさの白狐が駆けている。小次郎たちを目がけて、白狐は走って来ているように見えた。

家康が幕府を開き、江戸の町を作ったとはいえ、いまだに鬱蒼《うっそう》とした雑木林が残っており、町中で狐を見ることも珍しくはない。

しかし、江戸城で宗冬を襲ったのも白狐である。これを偶然と片づけるには都合がよすぎる。

「とりあえず、撃ってみるか」

孫一が八咫烏《やたがらす》紋の鉄砲を構えた。

「待て」

小次郎は孫一を止めた。

「なぜ止める？」

怪訝《けげん》顔の孫一に小次郎は言う。

「白狐《あやつ》から殺気が感じられん」

小次郎の目には、何やら伝えたいことがあって、白狐が小次郎たちの前に姿を見せたように映った。

やはり、ただの狐ではないのか、気づいたときには手を伸ばせば届くところに白狐の姿があった。

降ったばかりの雪のように、全身真っ白の美しい狐だった。

白狐は人語で小次郎たちに話しかける。

「江戸城で、我が子がそなたたちのことを待っております。わらわが案内致しましょう」

驚くべきことに、白狐は江戸城を攻める算段をしていた小次郎たちを迎えに来たというのだ。

「何を企《たくら》んでいる？」

弥生が白狐に聞く。

「企むなんて人聞きが悪い」

白狐は貴族のように上品な声で笑って見せる。

「なぜ、我らを招き入れる？」

小次郎も聞く。白狐とその息子とやらが天下を狙うのなら、白狐の仲間かもしれぬ戦国武将の亡霊を、次々と倒した小次郎たちは邪魔者である。

攻めることの難しい名城を占拠しておきながら、敵を中に入れる話など、戦国乱世でさえ聞いたこともない。

白狐は小次郎たちに説明をするつもりなど少しもないようだ。小次郎の質問に答える素振りも見せない。

「その気があるのならわらわについて参るがいい」

素っ気ない言葉を残すと、踵《きびす》を返して江戸城へ向かって駆け出した。

赤く染まった夕焼けの中、白狐は振り返りもせず走って行く。放っておけば、すぐに見えなくなってしまいそうであった。

一瞬の間を置いて幸村が口を開いた。

「罠《わな》だな、こいつは」

「だろうな」

当たり前のことを言うなとばかりに、孫一がうなずいた。こんなに分かりやすい罠もなかろう。

「それなら行くか」

ため息を一つつくと、小次郎たちは白狐の後を追った。

## 2

北国に比べると短いはずの江戸の冬が、なぜか、今年にかぎっては三月の今日に至っても終わろうとせず、凍りつくように寒い日が続いている。

「おかしな天気だぜ」

そう言いながらも、町人たちは日々の暮らしに追われていた。

暮れ六つの鐘が鳴り、一日の仕事を終えた町人たちは家やら飲み屋やらへの道を急いでいた。

不思議なことに、誰一人として疾風《はやて》のように駆けて行く白狐や小次郎たちに目を向けようとしなかった。

白狐に引かれて城下町を駆ける小次郎たちの頭上に、いつしか、ちらちらと雪が舞い始めている。

その雪に誘われるように、前を走る白狐が不意に立ち止まると、天を見上げ、
こん――

――と、鳴いた。

釣られるように、小次郎たちも足を止め、鈍色《にびいろ》の寒空を見上げた。今にも大雪が降りそ

うなほど重い雲が立ち込めている。

またしても、最初にそれに気づいたのは弥生だった。

「おかしなものが飛んでいる」

弥生の視線を追いかけると、白い雪に交じって、たいした風もないのに赤い振袖《ふりそで》が胡蝶《こちょう》のようにひらひらと舞っている。

「ずいぶん赤い着物だな」

自分だって、上から下まで赤一色のくせに幸村は言う。

「赤い着物ではない」

そう言いながらも、小次郎は自分の目を疑った。

空を舞っているのは赤い柄の着物ではなく、めらめらと紅蓮《ぐれん》の炎に包まれた振袖であった。雪の降る江戸の夕暮れどきの空で、桔梗《ききょう》柄の振袖が燃えている。

「振袖火事の原因《もと》になった着物ではないか」

小次郎は呟《つぶや》いた。

明暦三年、西暦でいうと一六五七年に、〝振袖火事〟と呼ばれる大火が起こった。

言わずと知れた〝江戸三大火事〟の筆頭である。江戸城の天守閣を始め、町中を焼き尽くし、十万人もの死者が出たと言われている。振袖火事については、どこまで本当のことなのか知らぬが、面妖《めんよう》な話が残っている。

事の起こりは桔梗柄の振袖であった。

本郷にある丸山本妙寺に、桔梗柄の小袖のよく似合う美しい寺小姓がいた。町娘・うめのはこの寺小姓に恋い焦がれ、揃いのつもりで桔梗柄の振袖を作るが、その恋は叶《かな》うことなく、うめのは流行病《はやりやまい》で死んでしまう。

その後、桔梗柄の振袖は古着屋に売られ、若い娘の手を転々とする。

この桔梗柄の振袖を身につけた娘が一人二人三人と、若くして不幸な死に方をした。娘の若死にが続けば、人々が気味悪がるのは当然の成り行きで、桔梗柄の振袖は寺で供養の名の下に燃やされることとなった。

現世に思いを残して死んだ者が、亡霊となるのは珍しいことではない。そんなとき、人々は死者を慰めるため、寺を頼るものと相場が決まっている。

桔梗柄の振袖が持ち込まれたのは、本郷丸山本妙寺だった。

和尚が経を唱えながら桔梗柄の振袖を火の中に投げ込むと、どこからともなく、
こん――

――と、狐の鳴き声が聞こえた。

江戸中に響き渡るような狐の鳴き声に誘われるように、紅蓮の炎に包まれていた桔梗柄の振袖が、

ひらひら、ひらひら――

――と、胡蝶のように舞い上がった。

紅蓮の胡蝶と化した桔梗柄の振袖は、丸山本妙寺の本堂に飛び込み、誰かをさがして回るように方々に火を放ち、全焼せしめた。

やがて、その火は江戸中に広がり大火事となった。しかも、鎮火しそうになると、再び、炎を纏《まと》った桔梗柄の振袖が現れ、町に火を放ったという話が残っている。

その伝説の桔梗柄の振袖が小次郎たちの前に現れたのであった。

町人たちは誰一人として、紅蓮の炎に包まれている桔梗柄の振袖に気づかず、我が家への道を急ぎ足で歩いている。

「早く火を消さねばッ」

と、慌てて走りかける小次郎たちを押し止《とど》めるように、白狐《びゃっこ》が言う。

「しばらくの間は、町が燃えることはありますまい」

桔梗柄の振袖は、白狐の使役した物であるらしい。

「何のつもりだ？」

小次郎の声は尖《とが》る。先刻は撃とうとする孫一を止めたが、江戸の町を火の海にしようとしていることを知った今となっては、この白狐を斬り捨ててやりたかった。

他の連中も小次郎と同じことを考えたのか、かちりかちりと鯉口《こいぐち》を切る音が聞こえた。孫一に至っては、再び、鉄砲を白狐に向けている。

白狐は涼やかな声で小次郎たちに言う。

「この葛葉姫を斬ったところで、火は消えませぬ」

化け物だけあって、小次郎たちの考えを読んでいる。いきり立つ侍たちを前に、平然とした顔で言葉を続ける。

「〝振袖胡蝶《ふりそでこちよう》〟は、我が御子《みこ》の術。紅蓮に燃える振袖を止めたくば、江戸城の天守におわします我が御子を倒すしか方法はございますまい」

「そのような小細工をしなくとも、江戸城に行ってやる」

小次郎は顔をしかめた。

「仕掛けは派手な方が楽しゅうございましょう」

白狐は言う。

小次郎たちを江戸城におびき出すために宗冬を逃がし、さらに〝振袖胡蝶〟の術とやらで江戸の町を人質に取ったということなのだ。

小次郎には、そうまでして江戸城に呼び出そうとする理由が分からない。小次郎たちが目障りだとしても、一人一人、闇に紛れて殺す方が確実に思える。

「我が御子の他にも、そなたたちと腕比べをしたがっているものが江戸城におります」

「腕比べだと?」

聞き返す小次郎に白狐は言う。

「つわものどもが首を長くして、そなたたちを待っております」

「〝江戸城の守《も》り人〟たちですか」

廉也が口を挟んだ。将軍剣術指南役である柳生の御曹司《おんぞうし》だけあって、〝江戸城の守り人〟とやらのことを知っているらしい。小次郎も祖父・二郎三郎より〝江戸城の守り人〟のことは、おぼろげながら聞いていた。

家康は江戸の町を四神《しじん》相応の地とし、東西南北に青龍《せいりよう》・白虎《びやつこ》・朱雀《すざく》・玄武《げんぶ》という守り神を配した。

風水を利用し、用心深く守りを固めた家康が、町の中央にあり、徳川の砦《とりで》である江戸城に工夫を施さなかったわけがない。その工夫の一つが〝江戸城の守り人〟と呼ばれるものである。家康は忠実な下僕を江戸城に配した。時が流れた今でも、亡霊となってまで、江戸城を守る者がいるというのだ。

家康の御代《みよ》がはるか昔となった現在となっては、どこまで本当のことか分からぬが、江戸城に人外の魔物の気配があることだけは確かである。

「江戸城の守り人が、なぜ、白狐や安倍晴明《あべのせいめい》の味方をするのだ？」

小次郎は聞くが、葛葉姫は答える素振りも見せず、再び、駆け出した。

白狐の行く先には、江戸城が見えた。

## 3

毎月の定まった登城日の他、正月や八朔《はっさく》、謡初《うたいぞ》めなどの行事の日になると、大名や役人たちは行列を連ねて江戸城へ登った。

俗に〝三十六見附《みつけ》〟と言われるように、江戸城には門が数多くあるが、ふつう大名は大手門か内桜田門《うちさくらだもん》から登城する。

白狐に導かれるままに、外桜田門から大名小路を抜け小次郎たちがやって来たのも内桜田門――別名、〝桔梗門〟と呼ばれている城門だった。

太平の世といえども、城というのは守りに気を遣うのが当然で、真夜中であろうと、早朝であろうと番をする武士がいる。

それなのに、今日にかぎっては、日が落ちて暗くなったばかりというのに、ひとけというものがなかった。

「誰もおらぬのか」

小次郎は大声を上げたが、返事は戻って来ない。

はるか上空で紅蓮《ぐれん》の炎に包まれた桔梗柄の振袖《ふりそで》がひらひらと揺らめいているだけで、城の周囲は墨を流したような闇に包まれている。

月のない夜のことで、時の流れすらよく分からなかった。白狐は人形のように身動き一つせず、静かに座っている。

どのくらい待ったであろう。そろそろ痺《しび》れを切らしかけたころ、音もなく、城門が開いた。

そして、昼のお天道《てんとう》様のような光が小次郎たちを包んだ。白狐が矢のように、光の中に駆け込んで行く。

見れば、城門の向こう、城内のそこら中で篝火《かがりび》が焚《た》かれている。

しかし、見事なまでにひとけがない。亡霊たちと斬り合うことを覚悟していた小次郎たちは、小さく息をついた。

と、そのとき、不意に、

ぴたり――

――と、白狐の足が止まった。

道の中央で、赤々と燃えている篝火の周囲をくるりくるりと駆けると、漆黒の夜空に向かって、

こん――

――と、鳴いた。

何もなかったはずの闇空に小さく輝く青白い星が生まれ、そして、あっという間にその星は流れた。

「おい、こっちに落ちて来るぞ」

降って来る。孫一が慌てている。孫一の言葉に嘘はなく、青白い光のかたまりが小次郎たちを目がけ

「撃ち落とせ、孫一」

「火縄銃で流れ星に勝てるか。ちょっとは考えて口をきけ、この馬鹿幸村」

と、幸村と孫一が訳の分からぬやり取りをしている間に、青白い流れ星が白狐の上に落ちた。

ずしんと地響きが起こり、砂だか土だか分からぬものが舞い上がった。

「本当かよ？」

まさかの出来事に孫一が砂埃《すなぼこり》の中で驚いている。

一寸先も見えなくなったが、じきに砂埃は収まった。

砂埃の中から現れたものを見て、小次郎は目を丸くした。

白狐が八匹に分裂しているのだ。篝火をぐるりと囲むように立っている八匹の白狐が、八方へ散った。

江戸城の中へ駆けながら、八匹の白狐は一斉に言った。

「一人ずつ、ついて来るがよい」

こうして、小次郎たちは、ばらばらに分かれることになった。

＊

小次郎たちから半刻《はんとき》ほど遅れて、ぽんぽこと白額虎、それに柳生宗冬は日本橋《にほんばし》を渡っていた。

日本橋は五街道の起点であり、江戸の文化を発信する拠点でもあった。この橋の上からは富士の山と江戸城の両方が見える。幕府のご威光の象徴と言える。

そんな由緒正しき橋の上で、宗冬がぽんぽこと白額虎を相手に文句を言っている。

「なぜ、すぐに城へ行かぬのだ？」

葛葉姫の白狐《びゃっこ》に嚙《か》まれて逃げて来たくせに、やたらと威勢がいい。

代々、禄《ろく》をもらっている柳生にしてみれば将軍を守るのは当然の役目。宗冬にしてみれば、先刻の逃走にしても、逃げたのではなく、加勢を呼びに行ったというつもりなのだろう。

頭上には紅蓮の炎に包まれた桔梗《ききょう》柄の振袖が舞っている。

一刻も早く白狐を退治しなければ、振袖火事の二の舞い、江戸城ごと町が燃えてしまうであろうことは宗冬にも分かった。

——のう、宗冬。

白額虎が真顔で宗冬に話しかけて来た。

化け猫ごときに呼び捨てにされる筋合いはないが、些細《ささい》なことを気にしている場合ではない。

宗冬は素直に返事をしてやった。

「何だ？」

——柳生新陰流《しんかげりゅう》というのは強いのか？

愚問であった。

「天下無敵だ」

白狐に負けたことなど、とうの昔に忘れてしまった宗冬は胸を張る。

——ならば、天狗《てんぐ》の剣術にも勝てるのだな？

化け猫の言う〝天狗の剣術〟とやらが何を表すか分からなかったが、宗冬は自信たっぷりに答える。

「天狗ごとき柳生新陰流の敵ではないわ」

大口を開けて笑っていると、ひとけのまるでない日本橋の向こう側を見ながら白額虎が言った。

――ならば、橋の向こうからやって来るやつを退治せい。

「ん？」

暗い橋の向こう側に、ぽつりと白い影が見えた。そして、
ぴいひゃら、ぴいひゃら――

――と、笛の音が闇に響いた。


「廉也か？」

宗冬は笛上手の甥《おい》の名を呼ぶ。

「違います、宗冬様」

答えたのは、ぽんぽこであった。化け物だけあって夜目が利くらしく、狸娘は闇の先を見つめながら言葉を続ける。

「あれは九郎判官義経《くろうほうがんよしつね》様でございます」

「義経だと？」

江戸の世になっても、源《みなもとの》義経の名を知らぬ者はいない。

平安末期、源氏の侍大将として、京を荒らして民の顰蹙《ひんしゅく》を買っていた木曾義仲《きそよしなか》を討った

のを始め、源氏の宿敵である平氏を一ノ谷、屋島《やしま》、壇《だん》ノ浦《うら》の戦いで立て続けに破った伝説の英雄である。

文治《ぶんじ》五年、西暦でいうと一一八九年に衣川館《ころもがわのたち》で自害しているが、今さら平安の亡霊が出たところで宗冬も驚きはしない。

「ふん、牛若丸《うしわかまる》か。相手にとって不足はあるまい」

宗冬は太刀を抜いた。

# 二　遮那王《しやなおう》

## 1

　そのとき、江戸城の篝火《かがりび》の前で八方に分かれた白狐のうちの一匹を廉也は追いかけていた。

「これはどうしたわけだ？」

　白狐の後を駆けながら、廉也は戸惑いの声を上げた。何間か遅れて善達ともう一匹の白狐が廉也を追いかけて来る。

　それだけならば、戸惑うことはない。

　面妖《めんよう》であったのは、白狐の向かっている先である。

　くぐったばかりの桔梗門を、再び、逆行すると城の外へ出てしまった。しかも、だんだん江戸城が遠ざかって行く。

〝江戸城の守り人〟が城の外にいるなどという話は聞いたことがない。

夜空には紅蓮《ぐれん》の炎に包まれた桔梗柄の振袖《ふりそで》が飛んでいるだけで、月どころか星一つなかった。

やけに冷えると思えば、ちらちらと雪が降り始めている。

そんな闇の中、日本橋が浮かび上がった。橋の上で、いくつもの篝火が赤々と焚《た》かれている。

橋の上には、いくつかの人影が見えた。

日本橋の手前で、廉也と善達は立ち止まった。

「あれは、ぽんぽこ殿に白額虎殿ではござらぬか」

善達も気づいたようである。日本橋の上に見慣れた二匹が立ち尽くしている。ちなみに、いつの間にか、廉也と善達を導いて来た二匹の白狐は姿を消している。

「とにかく行ってみましょう」

廉也は善達を促し、歩き始める。

日本橋に近づくにつれ、ぽんぽこと白額虎の声が聞こえて来た。何やら深刻な声で話し合っているようだ。

「……負けてしまいました」

――……弱いのう。

橋の上にいたのは二匹の妖《あや》かしだけではない。見れば、二匹の間に妙に赤い男が倒れている。

いや、赤いのではない。

目を凝らして見ると、血まみれになっているようだ。その血まみれの男には見おぼえがあった。

「叔父上《おじうえ》ッ」

廉也は血まみれで倒れている宗冬のもとに駆け寄った。

死んでいるようには見えぬが、宗冬は全身に刀傷を負っており、気を失っているのか、倒れたままぴくりとも動かない。

「これは、いったい……？」

追いついて来た善達が瞠目《どうもく》する。宗冬は、仮にも江戸柳生の当主である。廉也の父・十兵衛《じゅうべえ》には及ばなかったが、それでも並の剣士ではない。その宗冬が斬り合いに負け、橋の上に倒れているのだ。

瞠目すべきは、それだけではない。

「急所を外れている」

廉也は言った。

血脈を始め、人の身体には斬られれば命を失う急所というものがある。血まみれになりながらも、宗冬の急所には傷一つついていない。これならば放っておいても死ぬことはないだろう。

「さすが宗冬様」

と、善達は感心しているが、もちろん宗冬の技量ではない。急所を外す余裕があるなら、ここまで血まみれになるはずがあるまい。

「ふざけた真似を」

廉也は宗冬の脇差を抜くと、誰もいないはずの橋の向こう側の暗闇へ、
しゅッ――――

――――と、投げた。

キンッと金くさい火花が散り、脇差がぽとりと橋の上に落ちた。暗闇の中の何者かに打ち落とされたのである。

「姿を見せなさい、化け物」

廉也の声が冷たく夜の日本橋に響いた。善達が息を飲む音がやけに大きく聞こえる。

一瞬の静寂の後、廉也の台詞《せりふ》に応《こた》えるように、

ぴいひゃら、ぴいひゃら――

――と、笛の音が鳴った。


雪がちらちら舞っていることもあり、その笛の音は、廉也の吹く笛の音より寂しい音色に聞こえる。

闇の中から、頭の上に白い布をふわりと載せた女と見まがうばかりの白装束の美童が、橋の狭い欄干の上を歩いて来る。一歩でも足を滑らせれば、日本橋川へ真っ逆様というのに、足もとを気にしている様子もない。

どことなく偽の〝ちょんまげ、ちょうだい〟事件で〝牛若丸の亡霊〟と呼ばれた廉也に顔立ちが似ている。

廉也の目がすうと細くなる。

「何者ですか？」

廉也は白装束の美童に問いかける。

白装束の美童は笛を下げると、見かけ通りの女のようにやさしい声で名乗った。

「九郎判官義経」

白装束の美童――義経は血まみれになった宗冬を見おろし、馬鹿にしたように軽く笑うと独り言のように呟《つぶや》いた。

「柳生新陰流というのは、まるで子供の遊び」

「何？」

青刀の鯉口《こいぐち》をかちりと切りかけた廉也の頭上を、巨漢が、
くるり、くるり――

――と、越えて行った。

善達である。絵草子の弁慶《べんけい》を思わせる巨体のくせに、まるで軽業師のごとく善達の身は軽い。

すとんと着地すると、善達は言った。

「御曹司《おんぞうし》、ここはこの善達にお任せください」

父・十兵衛の従者であった善達は、いまだに廉也のことを〝御曹司〟と呼ぶ。廉也にしてみれば、いつまでも子供扱いされている心持ちで、こそばゆい。

「善達――」

と、廉也は文句を言いかけるが、すでに善達は義経の間合いに入っている。宗冬を刻んだほどの腕前を持つ義経が相手なのだ。一瞬の隙が命取りになる。廉也は口を噤《つぐ》んだ。下手に言葉をかけて、善達の集中力を削《そ》ぎたくなかった。

「弁慶の偽物ですか」

僧形の善達を見て、義経が呟く。

武蔵坊《むさしぼう》弁慶。

義経の一の家来として、そして、母の胎内に十八ヶ月いた鬼子として歴史に名を残している。

英雄として語り継がれている義経に負けず劣らず、弁慶には伝説が多い。殊に、義経との出会いは弁慶伝説の中でも有名である。

弁慶が義経と出会ったのは、京の五条大橋であったと言われている。

弁慶は千本の太刀を奪おうと願をかけ、道行く帯刀の武者を襲い、九九九本の刀を集めた。

千本目の相手が義経であった。

欄干を天狗《てんぐ》のように自由自在に飛び回る義経の身体に触れることさえできず、さらに打ち合っても敵《かな》わず、弁慶は初の敗北を知る。その日以来、義経の忠実な家来となったのである。

「善達とやら」

義経が話しかける。

「そんな小僧の下にいても仕方あるまい。我《われ》の家来にならぬか」

江戸の世でも、義経は弁慶が欲しいらしい。

「旧時代の亡霊ごときが、この善達を家来にしようとは笑止な」

善達は鼻で笑い、〝五色の神剣〟の一つである黒刀を抜いた。

夜闇を吸い、黒刀がぐにゃりと歪《ゆが》んだ。あっという間に、黒刀は善達の手に馴染《なじ》む大薙《なぎ》刀《なた》に姿を変えた。

義経が目の前にいるためか、善達の持つ大薙刀が弁慶の七つ道具の一つである〝岩融〟に見える。

「亡霊退治だ」

善達は黒光りする薙刀の切ッ先を義経に向けた。

「よほど死にたいと見える」

義経は薄く笑うと、整った顔を般若《はんにゃ》の面で隠した。表情や目の動きを読ませぬようにする義経なりの工夫かもしれぬ。

般若と化した義経は白装束を、ひらりひらりと靡《なび》かせながら、手練《てだ》れの忍びのように欄干から欄干へと飛び回っている。鍛え抜かれた廉也の目をもってしても、動きを追うのは容易ではなかった。

動きの素早い義経に対し、善達は黒薙刀をどっしりと構えて動こうとしない。

「善達様……」

心配そうにぽんぽこが口を挟みかけたとき、義経の姿が闇に消えた。立ち去ったわけでも気配を消したわけでもあるまい。その証拠に、四方八方の至るところから義経の気配を感じる。

ときどき、カンカンと欄干を蹴《け》る音が聞こえるところを見ると、義経は文字通りの目にも留まらぬ素早さで欄干から欄干へ飛び回っているのであろう。

「京八流闇天狗《きょうはちりゅうやみてんぐ》」

暗闇の中から義経の声が聞こえて来た。

——京八流を使うのか。面倒な相手だのう。

白額虎が顔をしかめた。

〝すべての剣術の源流〟〝天狗の剣術〟と言われている京八流の名は、唐《もろこし》の妖《あや》かしの耳にまで響いているらしい。

平安時代に、鬼一法眼流《きいちほうげんりゅう》が鞍馬《くらま》山で八人の僧侶《そうりょ》相手に剣術を教えたことをもって、京八流の始まりとされているが、鬼一法眼流はただの剣術使いではない。

闇ニ生キルヲ極意トス。

京八流の奥義に書かれているように、鬼一法眼は京の闇に棲《す》む陰陽師《おんみょうじ》であった。剣術だけでなく、呪術《じゅじゅつ》も忍びの技も使えた。

源義経の剣術は、この鬼一法眼に学んだものである。九郎判官義経は陰陽師の弟子と言ってもいい。

暗闇の中で篝火《かがりび》を受けて、ぎらりと何かが光った。

再び、カンカンと欄干を蹴る音がいくつか聞こえた後、突如として善達の胸から血が噴き出した。

見れば、善達の漆黒の僧衣が、

ぱらり――

――と、斬られている。

斬られたのは僧衣だけでなく、善達も胸を斬られていた。遠目から見ても分かるほどの深手を負ったようである。

「善達様ッ」

ぽんぽこが悲鳴を上げた。

その悲鳴が合図であったかのように、善達ががくりと膝《ひざ》をついた。すっかり血の気を失っている。

廉也でさえも、いつ善達が斬られたのか分からなかった。白額虎の言うように、厄介な相手であるらしい。

闇の中から、白装束の般若――義経が浮かび上がる。

義経は善達に言う。

「見かけ倒しですね。弁慶の足もとにも及びません」

「くっ」

斬られた善達の傷口から、ぽたりぽたりと血が地べたに落ち続けている。

「早く血を止めないと死にますよ」

義経は笑っている。

「善達」

と、廉也が鯉口《こいぐち》を切りかけたとき、どこからともなく、再び、

こん――

――と、白狐《びゃつこ》が現れた。

いつの間にやら、二匹いたはずの白狐が一匹になっている。

## 2

自分の尻尾《しっぽ》を追いかけるように、その場でくるりと回ると、白狐は白い煙と化した。白い煙がもうもうと立ち込める。

一瞬の間を置き、白煙は消え去り、白狐は平安貴族姿の女人となっていた。身に纏《まと》っている黒い着物に白く抜かれた五芒星《ごぼうせい》の紋が青白く光って見える。

「葛葉姫、邪魔をするのですか」

義経の声が尖《とが》る。

白狐――葛葉姫は声を尖らせている義経を無視すると、無言のままぽんぽこの前まですらりと歩み寄った。

先に口を開いたのは、ぽんぽこだった。

「お久しぶりでございます、お狐様」

その口振りからして、ぽんぽこは葛葉姫と知り合いであるらしい。少し前にも、そんなことを言っていた。

平安の貴婦人のように穏やかであった葛葉姫の表情が、ぐにゃりと歪んだ。その顔つきは、義経のつけている般若の面に似ている。廉也の目には、憎悪の念に凝り固まっているように見えた。

葛葉姫は叩《たた》きつけるようにぽんぽこに言う。

「また狸か。なぜ、いつもわらわたちの邪魔をする？　同じ化生《けしょう》のものが、なぜ、人ごときの味方をするのじゃ？」

ぽんぽこは悲しげに答える。

「今は人の世でございます。化生のものの世はとうの昔に終わりました、お狐様」

「終わってはおらぬ――」

と、葛葉姫が言い返しかけたとき、般若の面の義経が割って入った。

「人の世でも化生のものの世でもないわッ」

義経の声は甲高い。

「今は源氏の世ぞッ」

その声は、夜の日本橋に空しく響いた。

源平交代思想。

源氏と平氏が交互に天下を治めるという考え方である。豊臣秀吉《ひでよし》は一時平氏を名乗っており、徳川は清和《せいわ》源氏の末裔《まつえい》である得川氏を源姓とするとされている。その理屈からは、江戸幕府は源氏による政権ということになる。もちろん、こじつけであり、徳川の将軍でさえ自分たちを源氏とは思っていない。

葛葉姫は義経を鼻で笑う。

「源氏だ平氏だと下らぬことに夢中になりおって」

帰煞《きさつ》として歴戦の荒武者たちを現世に呼び戻したはいいが、この義経といい幸村といい、葛葉姫たちの思い通りに動くというわけではないようだ。

「化け狐ごときが武士を愚弄《ぐろう》するかッ」

すらりと刀を抜き、義経は葛葉姫に斬りかかった。

電光石火。

平安屈指の剣士である義経の動きは稲妻よりも速い。重そうな着物を纏った女に躱《かわ》せるものではなかった。

瞬《まばた》き一つする間もなく、義経の太刀が情け容赦なく葛葉姫の首を薙《な》いだ。

すぱんと、小気味いい音を残して葛葉姫の首が宙に飛んだ。

「京八流礫《つぶて》斬り」

般若《はんにゃ》の義経が呟《つぶや》く。

しかし、いつまで待っても、首が地面に落ちるぽとり、、、の音が聞こえない。

それもそのはず――。

斬られたはずの葛葉姫の生首は宙に浮かび、にたり、、、と笑っている。

「使えぬ男」

葛葉姫は言う。

「化け物めッ」

義経は吐き捨てると、邪魔だとばかりに般若の面を脱ぎ捨て、日本橋川の川面《かわも》のはるか上空に浮かんでいる葛葉姫の首を追いかけて、たたん——

——と、飛翔《ひしょう》した。

京八流剣術の神髄を極め、八艘《はっそう》飛びを得意とした義経だけに、その姿は宙を舞う白い天《てん》狗《ぐ》のようである。

義経はぎらりぎらりと刀を輝かせ、上段の構えから葛葉姫の生首を唐竹《からたけ》割りに叩き斬った。

葛葉姫の顔が眉間《みけん》から、
ぱかん——

——と、真っ二つに割れた。

それでもなお、葛葉姫は死んでいない。

どろんと音を立てると、二塊の白煙と化した。

その白煙を追いかけるように、ひゅうと一筋の風が吹いた。

その音が合図であったように、地上の葛葉姫の胴体も白い煙となり、風に吹き上げられて天へ昇った。

竜巻のようにうねりながら、かつて葛葉姫であった白い煙が一所《ひとところ》に集まり、やがて元の白狐の姿となった。義経に斬られたはずなのに、傷一つ負っていない。

すとんと橋の上に降り立つと、白狐は義経に言う。

「半端物の源氏と遊んでいる暇はありませぬ。そなたごときを二度も頼ったのが間違い」

とたんに義経が青ざめた。

やはり、遠い昔——平安のころに白狐と義経の間に何かあったらしい。

今回の〝ちょんまげ、ばさら〟事件は、最初から面妖《めんよう》なことばかりだが、ついに平安の世にまで因果の糸が遡《さかのぼ》った。

しかし、それ以上の事情を、葛葉姫も義経も口にしようとしなかった。

葛葉姫は廉也たちに言う。

「江戸城へ参りましょう」

それ以後、白狐の姿となった葛葉姫は義経のことを見ようともせず、再び、江戸城へ向かって駆け出した。

「お狐様、おやめくださいませ」

ぽんぽこは廉也や善達をそっちのけで白狐の後を追いかけて行く。

狸娘だけに白狐と因縁があってもおかしくないが、白狐を追う姿は脳天気なぽんぽこらしくない。

——仕方のない娘だのう。

ぶつぶつ文句を並べながら、白額虎も駆け出した。なぜか、背中に血まみれの宗冬を乗せている。

## 3

哀れなのは義経であった。

源氏が天下に号令していると聞き、江戸の世に蘇《よみがえ》ってみれば、名ばかりの源氏である徳川が将軍となっている。

しかも、帰煞として蘇らせたくせに、白狐《びゃっこ》は義経をものの数にも入れていない。義経は自分一人が蚊帳《かや》の外に置かれているような気がしてならないのに違いない。

雪の上に落ちた般若の面を拾い上げると、再び、その面で整った顔を隠し、おのれに言い聞かせるように義経は言った。

「江戸者など皆殺しにしてくれる」

悪霊ならば、悪事のかぎりを尽くしてやろう――。義経の怒りと哀しみが聞こえて来るようだった。

般若と化した義経は抜き身の太刀を右手に、町場へ歩き始めた。本気で町人たちの首を刈るつもりらしい。

「待て」

呼び止めたのは善達であった。

先刻、義経に斬られた傷は癒《い》えていない。白狐と義経がやり合っている間も善達の身体からは血が流れ続けている。

善達は義経相手に言葉を続ける。

「勝負はついておらぬ。町人の相手をする前に、拙者と決着《けり》をつけろッ」

六尺をこえる大きな身体から血が失われすぎたせいか、いつもは野太い善達の声がかすれている。

義経は鼻で笑う。

「その身体で、この義経に勝てると思っているのか？」

勝てるどころか、今の善達には薙刀《なぎなた》を構えることさえできないだろう。立っているのすら不思議なほどの大怪我なのだ。

義経は諭すように言う。

「死んでもよいことなど一つもない」

地獄から蘇って来た男の言葉だけあって重い。弁慶によく似た善達のことを、義経は殺したくないのかもしれぬ。

だが、善達は聞き入れない。

「元より死ぬつもりなどない」

善達は一歩、二歩と義経の方へ進み出る。そのたびに善達の胸から血が流れ、足もとを赤く濡《ぬ》らしていく。

「善達、待て」

廉也は青刀の鯉口を切り、善達の代わりに義経の相手をしようと前に出る。

とたんに、かすれた善達の声が飛んで来た。

「御曹司《おんぞうし》、ここは拙者に任せて、白狐を追うのです」

すでに白狐とぽんぽこたちは遠くへ行っており、その姿は小さくなっている。一刻も早く追わねば見失ってしまうだろう。

一口に江戸城といっても広く、いったん白狐を見失っては彷徨《さまよ》うだけで終わってしまうに違いない。

「しかし――」

廉也は躊躇《ためら》う。

善達は立っているのが不思議なほどの傷を負っているのだ。しかも、目の前には、血に飢えた般若の面を被《かぶ》った亡霊・義経がいる。ここで別れれば、二度と善達と会えなくなる恐れが大きい。

早くに両親を失っている廉也にとって、善達は唯一の肉親のようなものである。いや、肉親以上の存在と言ってもいい。

父・十兵衛が死んだ後、廉也はしばらく善達と二人で、山奥で暮らしていた。生まれつき身体の弱い廉也は、毎晩のように、咳《せ》き込み、熱を出し、魘《うな》されていた。

善達は大きな手で廉也の背中をさすり、冷水で絞った手ぬぐいを額に載せてくれた。血の繋《つな》がりのない廉也を不眠不休で看病してくれたのだ。見捨ててしまっても、誰に咎《とが》められるわけでもないのに――。

その後、廉也は父・十兵衛の仇《かたき》を討つため江戸へやって来たが、無一文で身体の弱い廉也は、善達に頼り切りであった。そして何よりも、廉也は善達の武骨でありながら温かい人柄が好きだった。

躊躇う廉也に善達は言う。

「早く行くのです、御曹司」

「善達……」

思い切れない廉也の視界の中から白狐とぽんぽこたちの背中が消えかかっている。

その一方で、般若《はんにゃ》の面を被った義経が歩み寄って来る。

紅蓮《ぐれん》に燃え盛る篝火《かがりび》の中、義経の白装束と般若の面がやけに白々としている。廉也の目には、善達の命を奪いに来た死神のように見えた。

「二人一緒に殺してやろう」

義経は般若の面をかなぐり捨てた。般若の面は橋の上を弾むようにして、廉也の足もとまで転がって来た。

義経が刃《やいば》を廉也に向ける。

「きさまから殺してやろう。気に入らぬ顔つきをしている」

「おぬしの相手は、この善達だ」

と、巨体が廉也と義経の間に入り込んで来た。

「その身体では無理だ」

廉也は言うが善達は聞こうとしない。

善達の声が夜の日本橋に響き続ける。

「〃江戸城の守り人〃には、御曹司でなければ倒せぬお方が混じっております。——いや、御曹司が倒さねばならぬお方と言った方が正しい」

そのことには気づいていた。

城から離れた日本橋までも、父・十兵衛をしのぐほどの巨大な剣気がひりりひりりと漂って来る。

柳生十兵衛をしのぐほどの剣気を持ち、江戸城を守ろうとする剣士など一人しかいない。柳生の剣士であれば、誰が江戸城に待っているのか簡単に想像できる。

廉也は一人の男の顔を思い浮かべた。

「まさか、あのお方が」

「そのまさかです」

善達は断言する。

〃江戸城の守り人〃の一人があの男ならば、柳生十兵衛の血を引く廉也が倒さねばならぬだろう。小次郎たちに任せるわけにはいかぬ。

ようやく廉也の足が動いた。意味もなく、地べたに転がっていた義経の般若の面を拾い上げると、二度と振り返らぬ決意で廉也は善達に背中を向けた。

「すぐ後を追います」

背中に善達の声が聞こえた。

そのとき、すでに義経の刃が善達の胸を貫いていることを廉也は知らない。

**4**

善達の口もとから、ぽとりぽとりと血が地べたに滴り落ちた。

「馬鹿な男だ」

廉也とやらの盾になった大男を見て、義経は言った。

ほんの一時、自分に忠義立てしてくれた弁慶の顔が思い浮かんだが、義経は頭《かぶり》を振って幻影を追い払った。今は江戸の世で、弁慶はいない。

義経は町場ではなく江戸城へ向かおうと考えた。

「徳川の城など燃やしてくれるわ」

と、義経は言っている。

どんなからくりがあるのか知らぬが、江戸城にはひとけが見えないらしい。火をつけることなど造作もないことである。

白狐《びゃっこ》や陰陽師《おんみょうじ》が邪魔をするなら、斬り殺してやってもいい。平安のころに駒として使われた借りを返してやるのだ。

「それも面白かろう」

薄笑いを浮かべると義経は江戸城へ歩き始めた。

「行……かせぬ」

血の気を失った顔で善達が道を塞《ふさ》ぐ。義経の刃で貫かれた胸からは血が流れ続け、足もとに小さな血の池を作っている。

「まだ生きていたのか」

義経は善達の頑丈さに感心する。並の武士であれば、貫かれた瞬間に死んでいるほどの深い刀傷であろう。

しかし、善達は二本の足でしっかりと立っている。しかも、信じられぬことに、黒い大薙刀を義経に向かって、
ぴたり――

――と、構えて見せた。

本気で江戸城へ行かせぬづもりらしい。

身の軽い義経のことで、燕《つばめ》のように宙を舞い、善達の頭上高く跳び越えてしまうこともできた。

だが、それでは半死半生の善達から逃げるのとかわりがない。

義経も京八流を極めたほどの剣士である。帰煞《きさつ》という浅ましい姿になろうと、一対一の立ち合いで、刀を鼻先に向けられて逃げるわけにはいかぬ。

黒薙刀《なぎなた》を構える善達に刀を翳《かざ》す。

「邪魔をするなら、そなたを斬り捨てて通るまで」

いつの時代も、剣術使いは手加減を知らぬものと相場が決まっている。

放っておけば、遅かれ早かれ、あの世とやらへ行く善達相手に、義経は全力で斬りかかった。

源平のころから、強い弓を引けぬほど義経は非力であった。剣術にしても力のなさを素早い動きで補っている。

黒薙刀を構えるだけで、ぴくりとも動かぬ善達が相手であろうと、義経は稲妻の速さで斬りかかる。

刃を向けられれば、人は受けるか躱《かわ》すものであるが、善達は両手を広げると腹で義経の太刀を受けた。

その刃は善達の腹に突き刺さり、義経の動きがぴたりと止まった。

善達はにやりと笑った。

「続きは地獄でやろうぞ」

野太い声とともに善達の黒薙刀が義経の胸板を貫いた。義経の素早い動きを止めるために、善達はおのれの身を捨てたのだ。

義経が善達を見て薄く笑った。口もとから熱い血が滴り落ちて行く。義経は善達に言ってやった。

「馬鹿な男だ……」

地べたに落ちたおのれの血を追うように、義経の身体が崩れ落ちた。

仁王立ちのまま、ぴくりとも動かぬ善達の横で、義経の身体は白い灰となり、夜の日本橋川の川面《かわも》に、
さらさら——

——と、散って行った。

煌々《こうこう》と燃える篝火《かがりび》に赤く照らされた善達の肩の上、はらはらと冷たい雪が積もり始めた。

# 三　蜻蛉《とんぼ》切りの男

## 1

気まぐれな雪が降ったりやんだりをくり返している。

孫一がその山に辿《たど》り着いたときには、重苦しい雲は残っているが、雪そのものはすっかりやんでいた。

「いい加減にしてくれねえかな」

孫一は愚痴をこぼす。

白狐の後を追いかけて走っているが、いっこうに敵も現れなければ、御殿に入ろうという気配もない。

孫一にしてみれば、御殿のまわりをぐるぐると回っているように思えて仕方がなかった。

今はどこをどう走ったのか分からぬままに山の前にいる。

江戸城にいるはずが、気づいたときには山にいるなんぞ、やっぱり狐に化かされているとしか思えない。

「面倒くせえ。狐なんぞ撃っちまおうかな」

物心ついたときから鉄砲に馴染《なじ》んでいる孫一は、走っていようが八咫烏《やたがらす》の紋の鉄砲を手放さない。

五十間離れた標的に命中させることができれば名人と呼ばれるほど命中率の低い火縄銃であったが、孫一は百間の距離でも命中させる。

走りながらであろうと、白狐《びゃっこ》ごときを撃ち殺すのは、孫一にとって目を擦《こす》るより容易《たやす》いことであった。

もちろん、相手は柳生宗冬を半殺しにするほどの化け狐である。鉄砲の弾が命中しても倒せるかどうかは分からない。面妖《めんよう》な術で孫一が倒されてしまうことだって、大いにあり得る。

「それも面白《おもしれ》えな」

思わず笑みが零《こぼ》れた。

織田信長を撃った孫一だけあって、倒せぬか分からぬ相手を前にすると、腕がうずうずとして来る。たとえ白狐に殺されることになろうと、訳の分からぬ術で生き返った命である。たいして惜しいものとも思えぬ。

「ちょいと試してみるか……」

と、引き金に指を置いたとたん、鉄砲の気配が伝わったのか、ずっと黙って孫一の前を走っていた白狐が、

こん――

――と、鳴いた。

そして、闇に溶けるように、すうと姿を消した。

孫一は舌打ちする。

江戸城なんぞに来るのは初めてのことで、ましてや、ぐるぐると引っ張り回された後である。自分が江戸城のどのあたりにいるのかすら分からない。

「無責任な狐だな。これだから化け物は信用できねえ」

自分だって化け物と似たり寄ったりの亡霊である上に、ほんの少し前に白狐を殺そうとしたことなど都合よく忘れている。

尋常の者であれば途方に暮れるところであるが、八咫烏の鉄砲名人・孫一はいい加減にできている。

「まあ、そのうち戻って来るだろう」

訳の分からぬ山を背にして、どっかりと腰を下ろすと、腰の瓢簞《ひょうたん》に手を伸ばした。廉也の寺からくすねた善達の酒が入っている。

「江戸城で飲む酒も旨《うま》かろう」

酒と鉄砲があれば、孫一は満足であった。

しかし、酒を飲むことはできなかった。

しゅんッと風を切る音が聞こえ、孫一の瓢簞に何かが刺さる衝撃が走った。

一瞬の間を置いて、
ばちゃり――

――と、瓢簞が孫一の手の中で砕け散った。

孫一は座ったまま、漆黒の闇を睨《にら》む。

「もったいねえ真似をしやがって。――出て来い、服部半蔵《はっとりはんぞう》ッ」

強弓を持った忍び装束の男が闇に浮かび上がった。

服部半蔵正吉。

家康の天下取りに功労のあった先々代・服部半蔵正成《まさなり》の孫にあたる。表面的には徳川家を追放されたことになっているが、陰から幕府を支えていた。希代の忍びであった祖父をしのぐと、伊賀《いが》の里では言われている。

いつ徳川を見限ったのか分からぬが、今は小次郎の父であり将軍の座を狙う相馬時国《ときくに》と行動をともにしている。天下泰平のこの時代に、ひたすら忍術と弓の腕を磨いている偏屈な男であった。

孫一も戦国の世では偏屈者と呼ばれていたが、他人《ひと》の酒を台なしにするような無粋な真似はしない。

「相馬時国はどこだ？」

孫一は聞く。

その問いに半蔵は答えず、漆黒の夜空に向かって、
しゅッ――――

――――と、矢を放った。

半蔵の矢が闇を裂いたかのように、青白い月の光が皓々《こうこう》と差した。不意にあたりが明るくなった。

半蔵が孫一の背後の山を指さし言った。

「紅葉山《もみじやま》で合戦だ」

三月だというのに、山は燃え立つように紅葉している。

「ほう。あの山が〝紅葉山〟だったのか」

今さらながらに、孫一は呟《つぶや》いた。

戦国時代の亡霊である孫一でさえ、〝紅葉山〟の名は知っていた。

江戸城西丸の北側にある紅葉山は江戸城が攻められたときに、最後の砦《とりで》として合戦場になることを想定して作られた地である。その面積は本丸より広く、家康を祀《まつ》った東照宮《とうしょうぐう》が置かれ、「秋は紅葉が燃える」と言われている。

「家康の前で合戦だと？」

孫一は白い歯を剝《む》き出しにして笑った。

「ついて来い」

そう言ったくせに、半蔵はさっさと姿を消してしまった。

野暮な上に、せっかちな男である。

「まあ、よいわ」

紅葉山は目と鼻の先である。半蔵ごときに案内されなくとも迷うことはあるまい。

燃える紅葉に囲まれた土塀の間を、孫一は八咫烏の鉄砲を片手に歩いて行く。

道の先には、家康が祀られている東照権現御霊廟《れいびょう》が見える。白狐の姿はどこにも見あたらない。

霊廟の前には掃き清められた庭が広がり、ここでも篝火《かがりび》を焚《た》いているらしく、紅蓮《ぐれん》の炎が周囲を照らしている。

紅一色に染まっている霊廟の庭に、いっそう赤い男が立っていた。髪も鎧《よろい》も、そして瞳《ひとみ》さえも赤い。こんなふざけた男は、この世にもあの世にも一人しかいない。

〝不思議なる弓取り〟真田幸村である。

徳川に仇《あだ》なすと言われている村正《むらまさ》を腰に差し、細身の十文字槍《やり》を手にしている。〝真田の赤備え〟に偽りはなく、村正も細身の十文字槍も柄が赤く塗られている。

戦国から江戸の今に至るまで、〝家康が最も恐れた武将〟と呼ばれているが、孫一の目には、ただのおかしな恰好《かっこう》をした男にしか見えない。律儀で堅物と噂された家康のことだから、幸村の素《す》っ頓狂《とんきょう》な恰好を恐れただけであったのかもしれぬ。

孫一だって赤い生地に黒く八咫烏を抜いた陣羽織を着ているが、幸村よりはましだと思っている。目まで赤い男など見たことがない。

孫一をちらりと見ると、幸村は大音声《だいおんじょう》を上げた。

「内府《だいふ》、出て来い」

いまだに幸村は家康のことを、戦国のころの役職である〝内府〟と呼ぶ。

「家康がいるのか?」

孫一は聞く。

「いや、誰もおらん」

幸村は憮然《ぶぜん》としている。この様子を見るに、よほど長い間、この霊廟の庭で待たされているのかもしれぬ。

幸村は孫一に言う。

「東照権現御霊廟《こんなところ》に呼んだのだから、内府が出て来るに決まっている」

幸村の言うことにも一理ある。家康が現れなければ、二人そろって狐ごときに弄《もてあそ》ばれたただの馬鹿である。

孫一にしても、徳川家康相手は望むところであった。二人はどかりと座ると、家康の現れるのを待った。

しかし、いつまで待っても、家康どころか人ひとり現れない。酒がないということもあり、気の短い孫一は、じりじりと焦《じ》れる。

先に痺《しび》れを切らしたのは幸村だった。

すくりと立ち上がると、篝火の焚かれている方へ歩いて行き、赤々と燃えている薪を一本抜き取った。

「何をするつもりだ？」

先を読むことに長《た》けているつもりの孫一でさえ、幸村の考えていることは分からぬときがある。

にこりともせずに幸村は言う。

「火攻めだ。徳川の霊廟を燃やしてやる」

冗談には聞こえぬ。

孫一とて、腕を銭で買われて合戦を渡り歩く雑賀衆の頭目である。合戦に勝つためなら、どんな汚いことでもした。火攻め・水攻めなど珍しくもないが、神となった家康の霊廟を焼き払うという発想はなかった。

「地獄に堕《お》ちるぞ」

地獄から蘇《よみがえ》ったばかりの孫一は、恐れを知らぬ赤い男に言ってやる。

「現世《ここ》と何が違う？」

幸村はにこりともせず、赤々と燃える薪を片手に、東照権現御霊廟へ歩いて行く。言われてみれば、現世も地獄もたいした違いはない。

「とんでもない男だな」

孫一は言った。

幸村は義を重んずる名将のように言われているが、孫一に言わせれば、ただのいたずら好きの小僧である。霊廟であろうと寺であろうと、幸村なら平然と燃やすであろう。

「本当に退屈させねえ男だな」

ため息をつきながらも、孫一は幸村のことが嫌いではなかった。何人もの人を殺しておきながら、神を名乗る男の霊廟を燃やしてやるのも悪くない。

「おい、幸村――」

と、声をかけようとしたとき、どこからともなく駆け込んで来た黒い影が幸村に衝突した。

黒い影と幸村が揉《も》み合うように、地べたを転げ回る。

幸村が松明《たいまつ》のように持っていた篝火の破片が宙に舞い、くるりくるりと東照権現御霊廟の建物へ飛んで行く。

幸村が火をつけるまでもなく、火事になりそうだった。

地べたを見れば、必死な顔で幸村に抱きついている佐助がいた。

「何だ、おまえら、そういう趣味だったのか」

幸村がどうなのか知らぬが、男色を好む武将など珍しくもない。

「そうではございません」

佐助の声は冷たく、ぴりぴりとしている。希代の忍び〝猿飛《さるとび》〟の名を引き継ぐ佐助が殺気立っていた。

すぐにその理由は分かった。

矢を射る音が聞こえた。

くるりくるりと家康の御霊廟に向かって飛んでいた薪に、一本の矢が命中し、
ぱちん――――と、弾《はじ》けた。

弓を持った忍び装束の男が、紅葉山の前に浮かび上がった。

服部半蔵である。

た。

「また、きさまか」

うんざりした声が孫一の口から飛び出した。事実、この男の顔には飽き飽きしつつあった。

半蔵は孫一のことなど眼中にないとばかりに無視をし、佐助に組み敷かれている幸村を挑発する。

「真田幸村というのは、この程度の男か」

挑発に乗ったのは佐助だった。

「どの程度か、この猿飛佐助が教えてやろう」

すくりと立ち上がると、佐助は刀を抜いた。忍びであると同時に、柳生の剣士でもある佐助の構えは堂に入っている。

埃《ほこり》を払いながら幸村も立ち上がった。右手には十文字槍が握られている。

幸村は半蔵に聞く。

「一人か？」

家康どころか、半蔵と行動をともにしているはずの相馬時国の姿も見えない。

「死にてえみてえだな」

孫一も八咫烏《やたがらす》の鉄砲を構える。

武将と忍び、それに鉄砲撃ちに囲まれたというのに、半蔵は眉《まゆ》一つ動かさない。薄《うっす》らと唇に笑みを浮かべている。

——余裕綽々《よゆうしやくしやく》の気取った顔が気に入らぬ。

孫一は引き金に力を入れた。

その刹那《せつな》、孫一の右腕が、

すぽん——

——と、飛んだ。

八咫烏の鉄砲が、ぽとりと地べたに落ちた。

「ん……？」

何が起こったのか見るどころか、声を出す暇《いとま》さえもなかった。

「下郎、推参なり」

と、野太い声が聞こえた次の瞬間、銀色の稲妻が走り、孫一の首が宙に舞った。

雑賀孫一が最期に見たのは、黒毛の駿馬《しゆんめ》に跨《また》がり、肩から大数珠《じゆず》をさげた武将であった。手には〝蜻蛉《とんぼ》切り〟と呼ばれる笹穂型の大身槍《やり》を持っている。

孫一を斬り殺したのは、織田信長に〝日本の張飛《ちょうひ》〟と讃《たた》えられた徳川家康麾下《きか》の武将であった。

## 2

さらさらと孫一の破片が砂となった。

幸村は血の滲《にじ》むほどに自分の唇を嚙《か》みしめると、孫一を殺した武将を睨《にら》みつけた。

「〝江戸城の守《も》り人〟とは、おぬしであったか」

本田平八郎忠勝《ほんだへいはちろうただかつ》。

吐き捨てるように幸村は言った。

生涯戦うこと五十余度、ただの一度も負傷したことのない不死身の剛将である。

慶長《けいちょう》十九年の大坂の陣に先立つ慶長十五年に鬼籍に入っている。

幸村が大坂夏の陣の茶臼山《ちゃうす》で家康をあと一歩のところまで追いつめることができたのは、忠勝がいなかったからであるとも言われている。

「鉄砲打ちごときが来るところではない」

忠勝は言う。

「ふざけおって」

幸村の目つきが変わっている。赤い瞳《ひとみ》を持つだけに、幸村の顔は異形の悪鬼のようにも見える。

付き合いの浅い佐助でも、孫一の死を目のあたりにして、幸村が怒り狂っているのが分かる。

いかに幸村といえど、本多忠勝相手に平常心を失って勝てるわけがない。

「お二人とも待たれよ」

と、佐助は睨み合っている二人の間に割って入ろうとしたが、またしても邪魔が入った。

佐助の目の端で、半蔵の右手が動いた。

反射的に、佐助の身体が飛ぶ。

側転しながら、佐助は幸村と忠勝から遠ざかった。

佐助の残像を追うように、
かつん、かつん、かつん……――

――と、棒手裏剣が地べたに突き刺さっていく。

「何のつもりだ？」

佐助は半蔵を睨みつけた。

「伊賀と真田の忍びの術比べといこうではないか」

半蔵が唇を歪《ゆが》めて笑っている。どこに捨てたのか、半蔵の手から弓は消えている。

伊賀と真田の忍術の優劣などどうでもいいが、飛んで来た火の粉は払わねばならない。邪魔をするなら、服部半蔵であろうと容赦はせぬ。

「面白い」

佐助は言ってやった。

次の瞬間佐助と半蔵は同時に横走りに駆けた。

伊賀の服部半蔵相手の忍術比べとなれば、真田の忍びの秘術を使わねばならない。技を見せ門人を集める剣士と違い、忍びは日の当たる道を避けて歩く。親にさえ、おのれの術を見せぬのが忍びである。相手が幸村であろうと見せるわけにはいかない。そのあたりの事情は伊賀とて同じであろう。

二人の忍びは、紅葉山の赤く燃えるような木々の中に、忍び合戦の場を求めて駆け込んだ。

佐助の一族は〝猿飛佐助〟の名の通り、猿のように身軽な体術を身上とする忍びであるが、その実態を知る者はいない。

祖父である二代前の〝猿飛佐助〟が、幼少のころに甲賀《こうが》流の忍術を戸沢白雲斎《とざわはくうんさい》という男に学んだのが猿飛流忍術の始まりと聞いている。

しかし、それが、どこまで本当のことなのか当代の〝猿飛佐助〟である佐助を含め誰一人として知らずにいる。

鼬《いたち》のように紅葉の中を駆ける二人の忍びに、
ひらひら――――

――――と、赤い葉が降り注ぐ。

疾風と化した佐助と半蔵が駆け抜けるたびに、地べたに落ちた紅葉《もみじ》の葉がひらりと舞い上がる。

どのくらい走っただろうか。何の前触れもなく、二人の忍びの足が、
ぴたり――――

——と、止まった。

幸村と忠勝の姿が見えなくなるほど、山奥まで駆けたというのに、佐助も半蔵も息一つ乱れていない。

「馬鹿が」

相変わらず、半蔵は薄笑いを浮かべている。相手に感情を読まれることを嫌う忍びの常として、わざと薄笑いを顔に張りつけているのだろう。

佐助の顔からも、すうと表情が消えた。秘《ひそ》かに伝わる忍術を見せる以上、半蔵を生かしておくわけにはいかない。

(馬鹿な話だ)

佐助は思う。

小次郎やぽんぽこと出会い、二度と殺生をせぬつもりでいたのに、気づいたときには忍び相手の命の取り合いの場に立っている。半蔵の言うように、佐助は本物の馬鹿なのかもしれぬ。

「愚かな男だ。逃げればいいものを」

半蔵の目は佐助を哀れんでいる。

半蔵はおのれの力を頼んで、佐助を見下しているわけではない。

〝地の利〟という言葉があるように、戦いの場を知っている者の方が有利なのだ。代々、江戸城を守る服部家の半蔵と、初めて紅葉山に足を踏み入れた佐助とでは、どちらが有利なのかは言うまでもない。

「猿飛佐助を舐《な》めるな」

佐助はくるりと後転し、半蔵から距離を取ると、九字護身法の印《いん》を結び、九字の呪文《じゅもん》を唱える。

「臨・兵・闘・者・皆・陣・列・在・前」

紅蓮《ぐれん》色の落ち葉が、佐助を中心にぐるぐると渦を巻く。

「真田忍術、猿飛流 紅《くれない》分身」

紅《あか》い煙幕が上がり、佐助の姿を隠した。落ち葉と紅い煙が竜巻のように佐助を覆ってくれた。

「下らぬ真似をしおって」

半蔵は舌打ちすると、反りのない忍び刀を抜いた。

そして、ふわりと高く飛び上がると、上段の構えから紅い竜巻を、すぱん――

――と、唐竹《からたけ》割りに斬った。

戦国の世で〝鬼半蔵〟と呼ばれ、武将としても名を残した服部半蔵正成《まさなり》の血と技を引き継ぐ男の太刀だけあって、その切れ味は煙をも斬り裂く。

紅い煙の竜巻が瓜《うり》に包丁を入れたかのように、ぱかんと割れ、煙の破片が四方八方に飛び散った。

しかし、佐助の姿はそこにはない。

一瞬の間を置き、方々に飛び散った紅い煙の破片が、

ぐにゃり――

――と、歪んだ。

瞬く間に、ぐにゃりは人のカタチになっていく。

気づいたときには、十数人もの紅色の佐助が半蔵を取り囲んでいた。佐助が初めて人前で見せる分身の術であった。

「お楽しみはこれからだ、半蔵」

佐助たちは一斉に卍型《まんじ》の手裏剣を、半蔵に目がけ投げつけた。

十数枚の卍手裏剣が、しゅるしゅると半円を描きながら半蔵に殺到していく。

「子供だましだ」

半蔵は吐き捨てると、ふわりと宙に跳ぶと呟《つぶや》いた。

「伊賀忍術、空蟬《うつせみ》」

しゅるしゅると半円を描いている卍手裏剣の上を、とんとんとんと歩いている。

忍びであれば、どんな下っ端であろうと、濡《ぬ》れた半紙の上を破かずに走るという程度の修行はこなしている。ましてや、半蔵は伊賀忍びの頭領なのだ。自分の身体の重さを消し、飛び交う手裏剣の上を歩けても不思議ではない。

卍手裏剣の上で半蔵は言う。

「本物の分身の術を見せてやろう」

印も呪文も抜きに、影が爆《は》ぜた。

気づいたときには、佐助たちの投げた手のひらほどもない小さな卍手裏剣の上に、一人ずつ半蔵が乗っていた。

卍手裏剣というのは、相手を倒した後には、くるりと投げた本人のところに帰って来るように細工されている。

標的の半蔵を見失った卍手裏剣は、敵である半蔵を乗せたまま、しゅるりしゅるりと空を切りながら、佐助本人のところに戻って来た。

佐助は半蔵の忍び刀に備えるが、卍手裏剣の上に立つ伊賀の忍びは忍び刀を構える素振りも見せない。

「伊賀と真田の忍術合戦だ。術で決着《けり》をつけてやろう」

卍手裏剣からすとんと飛び下りると、半蔵は分身の術を解き一人になった。

「ふん」

鼻で笑いながらも、佐助も分身の術を解く。十六人が八人、八人が四人……と、やがて一人の佐助となった。

「そろそろ決着をつけねば、あのお方が痺《しび》れを切らす」

半蔵は独り言のように呟くと、ゆっくりと両目の瞼《まぶた》を閉じた。

佐助は戸惑う。

手練《てだ》れの忍び同士の殺し合いで、相手から目を離すことは死につながる。半蔵が何をしようとしているのか分からなかった。

戸惑いながらも、すでに佐助の身体は動いている。

忍びであると同時に柳生新陰流の遣い手でもある佐助の動きは素早い。

あっという間に、半蔵を斬り捨てることのできる間合いに入ると、忍び刀をぎらりと光らせ、佐助は半蔵に斬りかかる。

と、そのとき、

「りゃあッ」

空を劈《つんざ》くような裂帛《れっぱく》の気合いとともに、半蔵を斬り捨てようと忍び刀を振り上げた。

ぎんッ――

――と、半蔵の目が開いた。

嫌な予感に襲われ、とっさに目を逸《そ》らしたが遅かった。佐助はもろに半蔵の目を見てしまった。

開かれた半蔵の目は、黄色く光る蛇の目になっている。

次の瞬間、佐助の両足が石と化した。

「伊賀忍術、蛇眼封印」

半蔵の声が冷たく響いた。

〝蛇眼封印〟という言葉には聞きおぼえがある。

佐助を始め、忍びの修行をする者すべてが聞かされる伊賀の秘術だった。

遠い昔、平安時代のころのことである。夜空の星のように美しい瞳《ひとみ》を持つ一人の女人が異国よりやって来た。

どんな経緯があったのか分からぬが、その碧眼《へきがん》の女人と服部半蔵の遠い祖先にあたる男との間に赤子ができた。

当然のように赤子は忍びとして育てられ、やがて成人すると、〝蛇の眼〟を操り、人を石に変える術を使ったと言われている。

実際に〝蛇の眼〟を見た者はなく、〝蛇眼封印〟の実在を信じる忍びは一人もいなかった。

この江戸の世で、ただの昔話と決めつけていた秘術が、佐助の目の前に姿を現したのである。

「足だけで済むとは、さすが猿飛佐助の名を継ぐ男だけはあるな」

半蔵の声が耳を打つ。

半蔵の蛇の目が、いつの間にか人の目に戻っている。

いかに佐助でも両足が石と化していては逃げるどころか、身動き一つ取れない。大きくため息をつくと、澄んだ目で半蔵を見つめた。

「さすが猿飛の名を継ぐ男、往生際がいいな」

半蔵の言葉を耳にしても、佐助は返事をせず、黙り込んでいる。

「紅葉山で石像となれ」

再び、半蔵が目を閉じる。

そして、しばしの静寂の後、

ぎんッ――――

――と、蛇の眼が開いた。


次の刹那《せつな》、悲鳴を上げて石と化したのは佐助ではなく術をかけたはずの半蔵であった。

「馬鹿な……」

言い終わらぬうちに、半蔵の言葉が消えた。見れば、半蔵の足の先から頭の天辺《てっぺん》まで石と化している。もはや、服部半蔵はぴくりとも動かない。

佐助の瞳が鏡と化している。半蔵は佐助の瞳に映ったおのれの蛇の眼を見たのだ。

「真田忍術、猿飛流極意魔鏡暗写」

佐助の唇から秘術の名が零《こぼ》れ落ちた。

昔話であろうと伝説であろうと秘術を耳にすれば、信じる信じないに関係なく、それを破る手立てを考え、修行するのが一流の忍びというものである。

「名を売りすぎだ」

有名になった秘術に価値はない。〝猿飛佐助〟と違う戦い方を身につけるため骨身を削った佐助と〝服部半蔵〟の名を捨て切れなかった男との差が、勝負に現れたのであろう。

しかし、佐助も無傷ではない。

忍術合戦に勝ったが、佐助の両足は石と化したままである。しかも、秘中の秘である魔鐘暗写を使ったことにより、佐助の気力は削られていた。

「少し眠るかな……」

佐助は両目をゆっくりと閉じた。

とたんに心地いい闇の中に落ちて行く……。

闇の中で、こんと狐の鳴き声が聞こえたように思えた。

## 3

佐助と半蔵が石と化す少し前の話である。

二人の忍びが行ってしまうと、忠勝は馬から下りた。そして、

「本多平八郎忠勝、参る」

と、武骨な声で名乗りを上げると、蜻蛉《とんぼ》切りを幸村に目がけてくり出した。槍《やり》の穂先が襲いかかって来る。

幸村は舌打ちしながら、ひらりひらりと忠勝の槍を躱《かわ》した。武将でありながら、真田の里で忍び修行したこともある幸村だけに動きは素早い。忠勝の槍は、幸村の身体に触れることすらできない。

やむことなく降り続ける紅葉が、忠勝の持つ名槍《めいそう》・蜻蛉切りに触れるたびに、
ぱらり、ぱらり――

――と、真っ二つになる。

蜻蛉切りの斬れ味をもってすれば、幸村の十文字槍の穂先ですら、触れたとたんに真っ二つにするであろう。槍を受けることもできず、幸村は逃げの一手だった。

「ちょろちょろと逃げるのが真田幸村か」

業を煮やしたのか、忠勝は吐き捨てる。

普段であれば、幸村とて、この程度の挑発に乗る男ではない。正々堂々、卑怯《ひきょう》などという言葉など武将には何の価値もない。忠勝のような歴戦のつわもの相手に、正面からぶつかる方が愚かというものである。

しかし、この日の幸村は目の前で孫一を斬られ、気が立っている。

十文字槍を、くるりくるりと回すと攻撃に転じた。尋常の武士の三倍の素早さで、槍をくり出すと言われている幸村の十文字槍は十本にも二十本にも見える。

その十文字槍たちが、一斉に忠勝に殺到する。

並の武士であれば、瞬《まばた》きする間もなく蜂の巣と成り果てているであろうが、幸村の前に立ちはだかっているのは本多忠勝である。

蜻蛉切りをひゅんひゅんと回し、おのれの前に槍の壁を作った。

幸村の十文字槍と忠勝の蜻蛉切りがぶつかり合う寸前、それまで赤々と燃えていた篝火《かがりび》が、
ふ――

――と、消えた。

一瞬で深い闇に落とされ、自分の足もとさえ見えない。十文字槍で忠勝を突き殺そうにも見えぬのだからどうしようもない。幸村は槍を収めた。

ひゅんひゅんひゅんの音が止まり、闇の中から忠勝の舌打ちが聞こえた。

さらに、忌々《いまいま》しそうな忠勝の声が闇に響く。

「陰陽師《おんみようじ》ごときが武人同士の戦いに首を突っ込むのではない」

忠勝の言葉が闇に消えたころ、不意に、提灯《ちようちん》が灯《とも》った。

細工のない白い提灯に、黒字で五芒星《ごぼうせい》の紋が抜かれている。提灯の光が闇を押しのけて行く。

提灯に続き、白い狩衣《かりぎぬ》を身に纏《まと》った二十歳《はたち》そこそこの若い男の姿が漆黒の闇から浮かび上がった。

色白の、やけに鼻筋の通った男である。薄く形の整った唇は紅を差したように赤い。異人の血を引いているのか、眼玉は青く透き通っていた。風貌《ふうぼう》は細身の優男《やさおとこ》であるのに、かなりの長身で六尺近くも身丈があるように見える。

五芒星の紋を見れば、男の正体の見当はつく。

「邪魔をするな、晴明」

野太い声で忠勝は五芒星の男——安倍晴明を怒鳴りつけた。

戦国武将でも震え上がる忠勝の怒鳴り声を受けても、晴明は顔色一つ変えず、静かな口振りで言う。

「乱暴な男だ」

徳川に天下を取らせた歴戦の武士《つわもの》相手に言う台詞《せりふ》ではない。

愚弄《ぐろう》されたと思ったのであろう。忠勝の顔が朱に染まった。

「死にたいようだな」

忠勝の殺気が晴明に放たれる。もはや幸村の姿など忠勝の眼中にはないようだ。

取り残された幸村は訳が分からぬ。

幸村も地獄からこの世に呼び戻された帰《き》煞《さつ》であったが、晴明や時国の考えていることは理解できなかった。

最初は相馬小次郎を殺すために呼び戻したのかと思ったが、どうも様子が違う。目の前の二人は憎しみ合っているようにしか見えない。

幸村の思考は忠勝の雄《お》叫《たけ》びに中断される。

「死ね、陰陽師」

忠勝の槍が晴明の喉《のど》に走る。

「この晴明に逆らうとは……。やはり使いものにならぬな」

晴明は懐から、何やら文字の書かれている霊符を取り出した。

常人には読めぬ異国の文字であるが、帰煞である幸村には易々と読むことができた。

『群死霊祟符』

死霊による祟《たた》りを除《よ》ける陰陽道の霊符である。

「呪《しゅ》」

晴明の言葉を吸い込み、霊符が、東照権現御霊廟《れいびょう》の闇に、

ひらり――――
――――と、舞った。

霊符は胡蝶《こちょう》のように羽ばたき、ひらひらと忠勝の方に飛んで行く。

「馬鹿者がッ」

塩辛声とともに蜻蛉切りが、晴明の放った霊符に一直線に伸びる。岩石でさえ斬り裂く蜻蛉切りである。紙片など容易に真っ二つになるはずであった。

霊符に槍が触れたその刹那《せつな》、蜻蛉切りの穂先が、

ぐにゃり――

――と、曲がった。

そして、みるみるうちに、蜻蛉切りは灰のようになり、ぽろりぽろりと忠勝の手から零《こぼ》れ落ちた。

「くっ」

忠勝の表情が、いっそう赤く染まり赤鬼のようになった。徳川最強の忠勝だけに、槍を失っても諦《あきら》めず、巌《いわお》のような拳《こぶし》で晴明に殴りかかる。

馬でさえも殴り殺しそうな忠勝の拳を前にして、晴明は逃げる素振りも見せず平然としている。

再び、晴明の口から言葉が漏れる。

「呪」

蜻蛉切りを灰にしたばかりの霊符が忠勝を目がけ、ひらひらと飛んで行く。

「む」

一瞬、顔を曇らせたものの、忠勝は拳を止めず、猪のように陰陽師に殴りかかる。

気づいたときには、勝手に幸村の身体が動いていた。忠勝と霊符の間に、身体を割り込ませると、村正をすらりと抜いた。

「りゃあッ」

裂帛《れっぱく》の気合いが紅葉山の闇をびりりと震わせ、幸村の手から村正が銀色の光の筋となって走った。

天下の名槍《めいそう》・蜻蛉《とんぼ》切りさえ曲げた晴明の霊符を妖刀《ようとう》・村正が、

すぱん――

――と、斬り裂いた。


真っ二つとなった霊符は、羽を失った胡蝶のように地べたに落ちる。

「余計な真似を」

忠勝が幸村をぎろりと睨《にら》みつける。

「関《せき》ヶ原《はら》のときの借りだ。返したぞ」

幸村は言ってやった。思い出したくもないが、忠勝には恩がある。関ヶ原の合戦が終わった後、死罪となるところであった幸村の助命を家康に願い出たのは忠勝であった。それに、忠勝ほどの男を陰陽師ごときに殺されたくはなかった。

「おかげで戦場で死ぬことができた」

そんな幸村の言葉に忠勝が唇を歪《ゆが》めて見せる。笑ったつもりであるらしい。

「さてと」

幸村は村正を晴明に翳《かざ》す。銀色の刃の先に、端整な陰陽師の顔がある。

「陰陽師にはご退散願おうか」

その言葉を言い終わらぬうちに、提灯に抜かれた五芒星の紋が青白く光った。

次の瞬間、幸村の膝《ひざ》が、がくんと砕けた。何が起こったのか分からぬまま、幸村の身体が無様に地べたを舐《な》める。

見れば、膝から先が白い灰と化している。

幸村の背中に、斬り捨てた『群死霊祟符』の霊符の一片がくっついている。

「ちッ」

幸村は舌打ちし、霊符を剝《は》がすが、すでに手遅れであった。

さらに、一拍遅れて忠勝も地べたに転がった。見るまでもなく、忠勝の背中にも霊符が張りつき、両足が灰と化している。

「斬り裂いただけで安心するとは、霊符を人だとでも思ったのか？　武士など愚かなものだ」

地べたを這《は》いずり回っているせいか、晴明の小生意気な声が上から聞こえる。

晴明の声を聞いている間にも、少しずつ足は蝕《むしば》まれ、侵略されるように白い灰となっていく。

「放っておいても時間の問題でしょうが、一思いに殺して差し上げましょう」

ふざけた口振りで言うと、晴明は「呪」と唱えた。

提灯《ちょうちん》の五芒星《ごぼうせい》の紋から、ぱしゃりと、魚が水面を叩《たた》くような音が聞こえた。

いつの間にやら、墨で書かれているはずの五芒星の紋が水面と化している。提灯の中に川が流れているのだ。

晴明はその水面に小さく息を吹きかけた。

すると、五芒星の紋を中心に水紋が生まれ、紅葉山の闇に波及する。提灯と闇がつながっているように見える。

五芒星の水紋から、青い鬼が、

にょきり――――

――と、生み落とされた。

骸骨《がいこつ》のように痩《や》せこけ、髑髏《どくろ》の首飾りを首からぶら下げている。半月刃の杖《つえ》を持つその姿は、唐《もろこし》の西遊記の沙悟浄《さごじょう》のようにも見える。

「水髑髏、おぬしに後は任せよう」

その言葉が合図であったかのように提灯の灯《あか》りが消え、晴明の姿が闇に消えると、再び、篝火《かがりび》が紅蓮《ぐれん》の炎で燃え始めた。

水髑髏といえば、平安の世に道端に捨てられた死骸から頭骨を拾い集める妖《あや》かしである。

「ギーギギッ」

耳ざわりな音が聞こえた。首に飾った髑髏を増やせると、水髑髏が笑っているように、幸村には聞こえる。

すでに腰から下が灰となっている。幸村も忠勝も動くことすらできない。

水髑髏は幸村の首に狙いを定め、半月刃の杖を振り上げる。半月刃が篝火を受けて、鈍い光を放った。

「ギーギギッ」

と、うれしそうに笑い声を上げると、水髑髏は半月刃の杖を幸村の首に目がけ、一気に振り下ろした。

「くっ」

さすがの幸村も万事休すと思わず目を閉じたが、いつまで待っても半月刃の杖はやって来ない。

その代わりに、物音が聞こえた。

ぽろりという音に目を開くと、幸村の目の前に水髑髏の痩せた両腕が落ちて来た。

一瞬の間を置いて、水髑髏の悲鳴が響いた。

「ギャアアアッ――」

悲鳴の中、一人の侍の姿が浮かび上がる。

いつの間にか、ソハヤノツルギを手にした相馬小次郎が立っていた。端整な顔つきが篝火で赤く見える。

両腕を斬られ、緑色の血を流しながら、のたうち回る水髑髏に小次郎は言う。

「化け物ごときが武士の首を刈ろうとするとは不届きな」

「ギギッ」

水髑髏は赤茶けた牙《きば》を剝《む》き出しにすると、小次郎に襲いかかる。

いくら化け物であろうと、両腕を失って〝ちょんまげ、ちょうだい〟の血を引く小次郎に勝てるわけがない。

「斬《ざん》ッ」

ソハヤノツルギが水髑髏とともに夜闇を斬った。

どさりと水髑髏は崩れ落ち、瞬く間に水となると、地べたに消えた。

勝負を見届けたところで、幸村の気も遠くなった。すでに首のすぐ下までが灰と化している。もはや幸村の視界は真っ暗で何も見えない。

「幸村……」

小次郎の声が聞こえる。消え行く幸村を見て、なすすべもなく困り果てている小次郎の姿が思い浮かぶ。

家康の血を引き、剣術の腕前も天下一品であるくせに、小次郎という男は甘くできている。だから、貧しい浪人暮らしから抜け出せないのだろう。

最期に、幸村は小次郎に言ってやった。

「陰陽師《おんみょうじ》に負けるでないぞ」

# 四　大奥での戦い

## 1

青白く光る白狐《びゃっこ》に引かれ、江戸城の廊下を弥生は駆けていた。江戸城の廊下は闇に包まれている。

江戸城になど入ったことのない弥生には、自分がどこを走っているのか見当もつかない。ただ、白狐の後を追っているだけである。

一寸先も見えない闇の中を走って行く。白狐を見失わないのに必死で、やって来た道を振り返る余裕もない。まるで今までの弥生の人生のようだった。

不意に、香のにおいが弥生の背後から漂って来た。濃い化粧のにおいもする。

「誰だ？」

刀に手をかけながら、弥生は振り返った。

闇の廊下の先から、
しゃん、しゃん、しゃん……——

——と、涼やかな鈴の音が聞こえた。

近づいて来るのは、鈴の音だけではない。

永遠に続くような闇の廊下の先から、ほのかに揺れる蠟燭の灯りが弥生の方へやって来る。

弥生は戸惑う。

香といい化粧のにおいといい、そして、闇を伝わる気配といい、こちらにやって来るのは女人であろう。

やがて、闇の中から、縫入の白綸子《しろりんず》が浮かび上がった。垂髪の四十くらいの美しい女が歩いて来る。白粉《おしろい》を丁寧に塗った顔は京の公家のようにも見える。

女は弥生に言う。

「はしたない。女子《おなご》が走ってはならぬぞ」

目の前に現れた白綸子の女が、その気配から、現世の人でないことは弥生とて分かっている。

弥生は刀を抜き油断なく構えると、女に聞いた。

「誰だ？」

尖《とが》った弥生の声をたしなめるように、白綸子の女は穏やかな口調で答えた。

「三代将軍家光《いえみつ》公が乳母、春日局《かすがのつぼね》」

弥生の前に現れた〝江戸城の守《も》り人〟は、大奥を作り上げた春日局であった。

戦国時代、歴史に名を残した武将は多いが、本当の意味で戦国時代を終わらせ、徳川の世を安泰としたのは、この春日局であると言われている。

元和偃武《えんぶ》徳川家康の力により武士《つわもの》どもが槍《やり》一本で天下を争う戦国の世は幕を下ろした。

しかし、それは、いったん幕を下ろしただけにすぎない。

秀吉の死後、家康が豊臣を滅ぼしたように、家康という傑物の死後に何が起こるか分からなかった。

血を分けた親子や兄弟の争いから家が滅んだ例はいくらでもある。

実際、徳川もいまだ家康が大御所《おおごしょ》として生きていた二代将軍秀忠《ひでただ》の御代《みよ》に危機があった。

秀忠が嫡男・竹千代《たけちよ》を廃し、国松《くにまつ》を後継者としようとしたのだ。

そのことを知った春日局が家康に直訴し、以来、長子相続が明確となり、無用な家督争いを避けることができるようになったのである。

春日局が弥生に言う。

「女の戦いは大奥と決まっておろうぞ」

こうして弥生は大奥に足を踏み入れることとなった。

## 2

そのころ、小次郎は間抜けなことに迷子になっていた。いまだに江戸城の建物の外にいる。

異変を感じ取り、紅葉山で水髑髏《どくろ》を颯爽《さっそう》と倒したまではよかったが、案内役の白狐を見失ってしまったのである。どうやって城の中に入ればいいのか分からぬまま、うろうろと外を走り回っている。

いくら相馬二郎三郎こと徳川信康の血を引く小次郎であろうと、生まれ育ったのは神田《かんだ》の貧乏長屋である。江戸城に何があるかなど分かろうはずもない。闇雲に城内に飛び込んだところで、いっそう迷子になるだけであろう。

「まったく面倒な」

小次郎は吐き捨てるが、ここで投げ出して貧乏長屋に帰るわけにはいかぬ。

天を仰げば、紅蓮《ぐれん》に燃える桔梗《ききょう》紋の小袖《こそで》が江戸の漆黒の夜空で、

ひらり、ひらり――

――と、舞っている。


思いすごしかもしれぬが、桔梗紋の小袖は高度を下げ、町場に近づきつつあるように見える。

江戸の町を火の海にするわけにはいくまい。姿を見せぬ父・時国のことも気になる。幸村の仇《かたき》も討たなければならない。

しかし、どこに行けばいいのか分からぬのだから、〝ちょんまげ、ちょうだい〟こと相馬小次郎の力をもってしてもどうしようもなかった。

くたびれ果てて、思わず足を止めかけたとき、とたとたという小さな足音とともに、懐かしい声が聞こえた。

「小次郎様ではございませぬか」

地獄で仏、迷子の小次郎に狸娘。やって来たのは、ぽんぽこだった。

＊
「ぽんぽこ、おぬしなあ……」

小次郎の口からため息が漏れる。

生まれたころからぽんぽこと付き合っているというのに、ほんの少しでも、迷子から抜け出せるかと狸娘に期待した自分が愚かだった。

「お狐様を見失ってしまいました」

何のことはない。ぽんぽこも迷子であった。しかも、白額虎ともはぐれてしまったというのだ。

「小次郎様、早くお狐様をみつけましょう」

ぽんぽこは言う。

侍に侍の世界があるように、妖《あや》かしには妖かしの世界があるようで、ぽんぽこと白狐――葛葉姫との間には、何やら因縁があるらしい。

「あやつらは何を考えておるのだ？」

小次郎は狸娘に聞いてみる。

〝江戸城の守り人〟は、その名の通り江戸城を守っているだけであろうが、城を我が物にしようとする陰陽師《おんみようじ》より小次郎たちを敵視しているように見える。〝江戸城の守り人〟の戦うべき相手は、誰がどう考えても葛葉姫であろう。

訳の分からぬのは〝江戸城の守り人〟だけではない。

陰陽師や葛葉姫にしても、小次郎を殺して一気に決着をつける意思が乏しいように思えるのだ。

「お狐様たちは武士が嫌いなのでございます」

狸娘が教えてくれる。

わざわざ江戸の世の、それも江戸城に出て来て、「武士が嫌い」と言われても迷惑な話である。

「お狐様にも困ったものでございます」

と、狸娘は常にない真面目な顔で言うのだが、深刻ぶってみても、しょせんぽんぽこはぽんぽこで、
ぐるる――――

――――と、腹の虫を鳴らした。

いくら狸娘でも、敵のいる城へ乗り込んで来て腹を鳴らすとは気が弛《たる》んでいる。幼いころから寝食をともにしている小次郎としては、黙っているわけにはいかない。この脳天気な狸娘に一言厳しく言ってやるのが浮き世の義務というものであろう。

「よいか、ぽんぽこ。よく聞け――」

そう言ったとたん、小次郎の腹の虫もぐるると鳴った。しかも、ぽんぽこのぐ、る、る、より一際大きな音であった。

「立派なお腹の音でございます」

ぽんぽこが真顔で答えた。

ぽんぽこの腹の虫に釣られたということもあるが、小次郎のぐ、る、る、の理由はそれだけではない。

どこからともなく食い物のよいにおいが、ふわりふわりと漂って来ているのである。この甘いにおいは……。

ぽんぽこの鼻が、ひくひくと動いた。

（む。いかん）

と、思ったときにはすでに遅かった。

「一大事でございます！　小次郎様、玉子焼きのにおいでございます！　玉子焼きがぽんぽこを呼んでおります！」

狸娘は大声を上げると、たたたと駆け出して行った。

「これ、待たぬか」

仕方なく、小次郎は狸娘の後を追う。

鼻先に人参《にんじん》をぶら下げられた馬ではないが、玉子焼きのにおいを感じ取ったぽんぽこの足は速い。

もともと人外の妖かし狸娘だからなのか、ぽんぽこは闇の中でも自由自在に、すいすいと走って行く。

ただの剣術使いにすぎぬ小次郎は、狸娘の姿を見失わないようにするだけで、精いっぱいだった。

ぽんぽこは何の躊躇《ためら》いもなく城の建物の中に入って行った。いっそう迷子になりそうな気もしたが、捨て置くこともできず、小次郎も狸娘を追いかけて城内へと入った。

城内は暗闇に満たされていた。

まばらに立ててある蠟燭《ろうそく》の炎が揺らめいているだけで、少し離れると、狸娘の姿も見えなくなってしまう。

「玉子焼きはこちらでございます、小次郎様ッ」

城中に響くような大声を残し、ぽんぽこは姿を消した。玉子焼きを求めて、どこかの部屋に入ったらしい。

暗いということもあり、狸娘がどこの部屋に入ったのか分からない。

「これ、ぽんぽこ」

と、呼んでみても、「……」と返事はない。

またしても、小次郎は迷子になってしまったようだ。

二度も迷子になった身の上で言いにくいが、小次郎は方向音痴ではない。

影武者であると同時に暗殺者でもあった〝ちょんまげ、ちょうだい〟相馬二郎三郎の血を引く上に、生き馬の目を抜く江戸の町で、その日暮らしの浪人稼業をしていたのだ。初めて行った場所であろうと、迷子にならぬ程度の勘は働く。

その自慢の勘とやらが、江戸城ではまるで利かない。殊に、この廊下は女人のにおいが濃すぎる。

立ち往生していると、暗い廊下の先から女の歌声が聞こえて来た。この声には聞きおぼえがある。

女人五つの障りあり　無垢《むく》の浄土は疎けれど
蓮華《れんげ》し濁りに開くれば　龍女も仙になりにけり

暗闇から姿を見せたのは、巫女《みこ》装束の出雲阿国であった。

野暮で、仕事の他はろくに女人と口をきいたこともない小次郎は、吉原《よしわら》の遊女のように艶《なま》めかしい阿国が苦手だった。

「お待ちしておりました、小次郎様」

と、阿国は言うや、いきなり小次郎の胸に身体を預けた。白粉《おしろい》と女の髪の甘いにおいが鼻につき、どうにもくすぐったい。

抱き締めることも突き放すこともできぬ小次郎の耳元で、阿国は甘く囁《ささや》く。

「無粋な着物など脱いでしまいましょう」

阿国は襖《ふすま》を開け、小次郎を薄暗い部屋の中へ引き入れたのだった……。

## 3

蠟燭の火が揺れる部屋の中に、艶めかしい朱色の絹の布団が敷かれている。

その布団の上で、小次郎はいつもの着流しを脱がされた。すぐ近くには、甘く濡《ぬ》れたような阿国の唇がある。

小次郎は呻《うめ》き声にも似た声を出した。

「これは何の真似だ、阿国」

部屋の鏡台に映る自分の姿を見て、小次郎は頭を抱えた。

鏡には阿国の他に、見おぼえのある女の姿があった。白粉を塗り女の着物を着た小次郎である。

色気のある郭話《くるわばなし》が、あっという間に滑稽《こっけい》話になってしまった。

阿国は袖《そで》で口を押さえ、ひとしきり、「くくく」と笑った後で小次郎に言った。

「小次郎様、お似合いでございます」

歌舞伎の女形《おやま》のように顔立ちの整った優男の小次郎だけあって、白粉を塗り豪華絢爛《けんらん》な着物を身に纏《まと》うと、どこぞの美しい姫君のようになる。

前にも一度、口入れ屋から紹介された仕事で女装したことがあったが、そのときもたいていの町娘よりは美しかった。

しかし、今はそんなことを言っているのではない。

「ふざけている場合ではなかろう」

小次郎は渋い声で言ってやった。

「ふざけているのではございません」

笑い顔を隠す素振りも見せずに阿国は言うと、真面目な顔つきになり、今度は逆に小次郎に問いかけた。

「ここをどこだかご存じないのですか？」

他人《ひと》のことを玩具《おもちゃ》にしたくせに、阿国の口振りは小次郎を咎《とが》めるようである。

「知らぬ」

女姿に似合わぬほどの不機嫌な声が出た。

阿国はため息をつくと、小次郎に言った。

「男子禁制の大奥でございます」

「なんと？」

阿国の返事を聞く間もなく、襖の向こうの廊下から、しゃんしゃんと鈴の音が聞こえて来た。

小次郎の手が腰に伸びたが、刀は阿国に奪われている。

阿国は小声で小次郎をたしなめる。

「女の武器は刀や槍《やり》ではございませぬ」

それがしは女ではない——。そう言いかけたとき、

すう——

——と、部屋の襖が開いた。


手燭《てしょく》を持った縫入の白綸子《しろりんず》姿の美しい女が現れた。

「そなたら、ここで何をしておる？」

女は小次郎と阿国を咎める。

小次郎が口を開くより先に、阿国が返事をした。

「この女の化粧が乱れて見苦しゅうございましたので、直しておりました」

阿国はすらすらと嘘をつく。今さらながら正体の摑《つか》めぬ女である。霧隠才蔵《きりがくれさいぞう》であろうと
出雲阿国であろうと、大奥を知っているはずがない。それなのに、阿国はまるで大奥の住

人のように振る舞っている。

白綸子姿の女はうなずくと、小次郎と阿国へ言った。

「早々に支度なされ。今日は雛《ひな》拝見の日ぞ」

「すぐに伺います、春日局様」

阿国は深々と頭を下げた。

＊

小次郎と阿国が春日局に導かれたのは、大奥の中ほどにある〝雛人形の間〟と呼ばれる大広間の前だった。

すうと襖を引くと、〝雛人形の間〟から昼間のお天道《てんとう》様のような光が溢《あふ》れた。数え切れぬほどの御女中がおり、玉子焼きの詰まった重箱が並んでいる。

部屋の中央には、豪華絢爛たる十二段の雛壇が飾られている。

確かに、雛人形の衣装は庶民であれば目を剝《む》くほど美しいものであったが、小次郎が驚いたのは人形の衣装ではない。

男雛《おびな》の顔がぽんぽこに、女雛《めびな》の顔が弥生になっているのだ。目を凝らして見れば、雛人形には血が通い、ぽんぽこと弥生そのものである。

面妖《めんよう》な術によって、雛人形にされているに違いない。

雛飾りに釘《くぎ》づけになっている小次郎の背後から、春日局が声をかけて来た。

「待っておりましたよ、相馬小次郎」

とうの昔に正体を見抜かれていたらしい。

「くっ」

一瞬、怯《ひる》んだ小次郎を阿国が不意に突き飛ばした。

慣れぬ女装の上に、味方と思っていた阿国に突き飛ばされ、小次郎の身体が大広間の畳に転がった。

春日局と御女中の前で、出雲阿国が踊り始める。

女の盛りなるは　十四五六歳廿三四とか
三十四五にし成りぬれば　紅葉の下葉に異ならず

どこからともなく霧が湧き起こり、阿国の身体を包み込んだ。

「大奥ではしたなき真似をしおって」

春日局の目が吊《つ》り上がり、亡霊と化した源氏物語の六条御息所《ろくじようのみやすどころ》のような顔つきとなっている。

霧が晴れると、畳の上に阿国の身体が転がっていた。ぴくりとも動かず、再び、死界へ旅立ったようにしか見えない。

しかし、春日局の形相は戻らない。阿国の亡骸《なきがら》に向けて憎しみのこもった言葉を投げかける。

「いつまで隠れているつもりか、江姫《ごうひめ》」

とたんに、骸《むくろ》と化していたはずの阿国の身体が、

ぐにゃり――

――と、歪《ゆが》んだ。

そして、白い霧と化し、やがてぐにゃりは人のカタチとなった。

気づいたときには阿国の亡骸は消え、見おぼえのない女人が立っていた。

ますます訳が分からぬ。小次郎は戸惑う一方だった。

やさしい顔つきでありながら、きりりと目鼻立ちの通った美しい黒髪の女が現れたので

あった。

平安の貴婦人のような春日局と違い、引き締まった女人の身体と物腰は武門の女に見える。

「久しぶりですね、お福《ふく》――いえ、春日局」

武門の女――江姫は言った。

## 4

生まれたときから、狸娘のぽんぽこと暮らしているくらいなので、小次郎は不思議・妖《あや》かしに慣れている。

しかし、慣れていると言っても物には限度がある。目の前で起こっている怪奇は、いかな小次郎にしても信じがたい。

「おぬしは誰なのだ？」

小次郎は阿国だった女――江姫に聞く。

もちろん、小次郎とて二代将軍秀忠の正室の名くらいは知っている。

「出雲阿国の身体を借りて、この世に戻って参りました」

江姫は涼やかな声で答える。帰煞《きさつ》としてこの世に蘇《よみがえ》る出雲阿国に憑依《ひょうい》して、あの世からやって来たと言うのだ。

「なぜ、そのような真似を？」

小次郎には江姫の目的が分からない。

江姫は相変わらずの涼やかな声で続ける。

「春日局を迎えに来たのです」

春日局に気づかれぬように、阿国の身体を借りていたということであるらしい。

「余計な真似をするでない」

春日局が鬼のような顔で江姫を睨《にら》みつけた。

「死人《しびと》がいつまでも現世にいるものではありません。わらわと一緒に、あの世へ参りましょう」

江姫はやさしい声で話しかける。しかし、

「あの世になど行かぬ」

春日局は二代将軍正室の言葉を聞かぬ。自分は徳川のために、〝江戸城の守り人〟として大奥に居続けると言うのだ。

武家――ましてや将軍家にとって、おのれの血を残すのは重要な仕事である。その観点からは、大奥は必要と言えぬことはない。

だが、それは現世《いま》の人々の考えることであり、亡霊となった春日局には関係のないことである。

「今は四代様の御代《みよ》。わたしや春日局《そなた》が口を出すことではありますまい」

「徳川は権現《ごんげん》様のものじゃ」

甲走った声で、春日局は言い返す。

美しい女人二人の言い争いを聞いているうちに、小次郎の脳裏に一つの考えが思い浮かんだ。

「まさか」

と、声に出して否定してみるが、その考えは小次郎の頭の中で膨れ上がる。

今回の事件の発端は、平安の陰陽師《おんみようじ》・安倍晴明とその母である白狐《びやつこ》・葛葉姫が江戸城を占拠したことから始まる。

時国と安倍晴明がいかなる理由で手を組んだのか知らぬが、どう考えても今の徳川に害をなしている。

それにもかかわらず、本多忠勝や春日局ら〝江戸城の守り人〟は積極的に安倍晴明を排除しようとしていない。

本多忠勝や春日局が、今の徳川以上に忠誠を誓う存在《もの》など一つしかなかろう。

「家康公も生き返っているのか？」

他に考えようがなかった。

徳川家康。

今川《いまがわ》家の人質にすぎぬ身から天下を取った武将であり、血筋としては小次郎の曾祖父《そうそふ》に当たる。

本多忠勝や春日局にしてみれば、本当の主君は家康ただ一人なのだ。

「権現様は生き返っておりませぬ」

江姫が首を振った。

「それならよいが……」

しかし、二代将軍正室の言葉には続きがあった。

「安倍晴明と葛葉姫は亡霊としてではなく、本物の徳川家康として権現様をあの世とやらから呼び戻そうとしていらっしゃる」

「すると――」

と、重ねて聞こうとしたが、それ以上、話をしている暇《いとま》はなかった。不意に春日局の立っている畳から、ぶわッ――

――と、熱風が吹き上げた。

春日局の垂髪が解《ほど》け、長い髪が絵草子の化け物のように逆立った。ひりりひりりと空気が張り詰める。

春日局は雛人形《ひなにんぎょう》に命じる。

「相馬小次郎と江姫を殺すのだ――跳《ちょう》」

男雛・ぽんぽこと女雛・弥生を含む雛人形どもが一斉に浮いた。

五人囃子《ばやし》が笛・太鼓で雛祭りの音楽を奏で始めた中、再び、春日局が雛人形どもに命じる。

「襲《しゅう》」

春日局の呪文《じゅもん》に目を光らせながら、雛人形どもが燕《つばめ》のような動きで、小次郎と江姫に飛びかかって来る。

どんなに数が多く、動きが素早かろうが、しょせんは雛人形である。小次郎ほどの手練《てだ》れであれば、これを躱《かわ》すことなど造作もないことだ。刀などなくとも雛人形など叩《たた》き壊せる。

が、ぽんぽこと弥生が雛人形に混じっている以上、おいそれと手を出すわけにはいかない。

「弥生殿、ぽんぽこッ。目をさまさぬかッ」

術使いでない小次郎は大声を出すしかないが、春日局の術にかかっているのか、ぽんぽこ人形と弥生人形に小次郎の声は届かない。

手を出せぬことを知ってか、ぽんぽこ人形と弥生人形だけが小次郎に襲いかかり、他の雛人形どもは江姫に殺到している。

江姫はかわいらしい雛人形相手に容赦がない。

「炎《えん》」

と、命じるたびに、江姫の右手の指先から豆粒ほどの炎のかたまりが走り、次々と雛人形を焼き尽くしていく。

〝第六天魔〟と恐れられた織田信長の妹の血を引く江姫だけに、地獄の炎を自由自在に操るらしい。

三度の落城を経験した江姫と、平和な時代の大奥の中での権力者にすぎぬ春日局とでは、くぐり抜けた修羅場の数が違う。

しかも、大奥を知らず、かつ油断していたであろうぽんぽこや弥生と違い、江姫は大奥のことも春日局の性格も知り尽くしている。

江姫は容赦なく、炎のかたまりを放ち続ける。

あっという間に、ぽんぽこ人形と弥生人形を除く雛人形どもは灰と化し、春日局は窮地に立たされた。

「お福――」

江姫はやさしい口調で春日局に話しかけた。

「現世《ここ》はわらわたちの居場所ではありませぬ。死人《しびと》は死人らしく、あの世とやらへ参りましょう」

江姫の右手の指先に紅蓮《ぐれん》の炎の粒が宿る。雛人形どもを焼き尽くした炎の粒より、その炎は、いっそう赤々と熱く燃えている。指先の炎で、春日局を消し去るつもりらしい。

どこから見ても絶体絶命の危機であろうに、春日局は般若《はんにゃ》のような顔で、
にやり――

――と、笑った。

小次郎は嫌な予感に襲われたが、何をする暇もなかった。

「溶」

春日局の口から〝呪《しゅ》〟が飛び出すと、それまで黙って座っていた御女中たちの身体が液体と化し、ぷしゅりッと四方八方に飛び散った。

畳や壁、さらには天井までもが、ぬめりと濡《ぬ》れた。足もとを見れば、水たまりのようになっているところさえある。

春日局は江姫に言う。

「その炎を放つがよい」

春日局の紅《あか》い唇が冷たく歪《ゆが》んでいる。

春日局が何をやったのか聞かずとも分かる。そこら中から油のにおいが立ち込めているのだ。四方八方に飛び散ったのは油であった。

「相変わらず、往生際の悪い」

言葉とは裏腹に、江姫はがっくりと肩を落とし、指先の炎を消した。二代将軍正室としては、いくら春日局の悪霊退治のためとはいえ、江戸城を燃やすわけにもいかないのだろう。

そんな江姫を見て、春日局はうれしそうに笑うと、ぽんぽこ人形と弥生人形に命じた。

「二人まとめて斬り殺しておしまい」

とたんに、ぽんぽこ人形と弥生人形の手に刀が現れた。念の入ったことに、弥生は二刀流である。

心を操られているぽんぽこ人形と弥生人形には躊躇《ためら》いがない。若燕のように、くるりくるりと宙を舞いながら小次郎と江姫に斬りかかる。

着物姿の小次郎と江姫の身体に、いくつもの刀傷が走る。

脂汗で小次郎の化粧は落ちている。さらに、邪魔な鬘《かつら》を脱ぎ捨てると、小次郎は元の男の姿となった。

それでも、二人の人形に手も足も出せぬのは変わりがない。

「甘い男よのう」

と、春日局が笑っている。

春日局を倒せば、ぽんぽこと弥生にかかった術も解けるであろうが、二人の雛人形がひゅんひゅんと飛び交い、小次郎の動きを止めている。

このままでは埒《らち》が明かない。

春日局のところまで一息に飛翔《ひしょう》しようと、小次郎は足に力を込めた。

しかし、それがいけなかった。決着を急ぐあまり、畳に油が撒《ま》かれていることを小次郎は忘れていたのだ。

ずるり――

――と、小次郎の足が滑った。

無様に尻《しり》もちをつき隙だらけの姿を晒《さら》した小次郎を目がけ、うれしそうに笑いながら、空飛ぶぽんぽこ人形が襲いかかって来る。

いくら心を操られていても、生まれたころから一緒に暮らしている狸娘である。小次郎はぽんぽこが斬りかかって来ぬものと一縷《いちる》の望みを抱いた。

しかし、小次郎の望みは打ち砕かれる。

狸娘の雛人形は大広間の天井近くで、どこからともなく取り出した枯れ葉をちょこんと頭に載せ、「ぽんぽこ」と呪文を唱えると、穂先をぎらりと光らせる大槍《おおやり》となった。

斬りかかりはしないが、容赦なく小次郎を突き殺すつもりらしい。芝居や絵草子の主従や義兄弟の類《たぐい》とはずいぶん違う。

「ぽんぽこ、おぬしなあ……」

と、いつもの癖で説教しそうになるが、今は、そんな呑気《のんき》なことをしている場合ではない。

一刻も早く逃げなければ、ぽんぽこ槍の餌食《えじき》となりお陀仏《だぶつ》なのだ。

だが、小次郎は油に足を取られ、逃げるどころか立ち上がることすらできぬ。

小次郎は狸娘に言う。

「ぽんぽこ、よせッ。それがしのことを忘れたのか？」

「あい」

ぽんぽこは冷たい。

ぽんぽこ槍が小次郎の身体を貫く、その刹那《せつな》、大広間の襖《ふすま》が、
すう————と、開いた。


ひょっこり顔を出したのは白額虎だった。

——油くさい部屋だのう。

突然、部屋に入って来た人語を操る猫に春日局が驚いたのか、術にかかっているぽんぽこの動きが、ぴたりと止まった。

「助けてくれッ」

小次郎は白額虎にすがる。

――む。小次郎とぽんぽこではないか。こんなところで何をしておる？

白額虎は呑気に聞く。

「ぽんぽこに殺されそうなのだ」

――それは大変だのう。

白額虎は欠伸《あくび》を噛み殺している。小次郎を助けるつもりなどないように見える。

白額虎のことを、ただ人語をしゃべるだけの間抜けな猫と判断したのか、春日局が正気に戻り狸娘に命じる。

「さっさと小次郎を殺すのだ」

仕切り直しとばかりに、再び、ぽんぽこ槍は天井近くまで飛ぶと、小次郎に狙いを定めている。

――本気で小次郎を殺すつもりのようだのう。

白額虎はやる気のない顔をしながらも、何やら意味ありげな視線を小次郎に送っている。

白額虎の言わんとしていることに、ようやく気づいた。

「後で酒を買ってやるから助けてくれ」

小次郎は買収した。

小次郎の言葉を聞くや、白額虎は、

――とうッ。

と、跳躍し、ぽんぽこ槍のすぐ近くまで舞い上がった。

それから、ぽんぽこ槍の後ろの方を前肢《まえあし》二本でパンッと叩《たた》いた。

とたんに、もこもこと狸のものらしき尻尾《しっぽ》が現れる。

――うりゃあッ。

どことなく間の抜けた気合いを発しながら、白額虎は真剣白刃取りでもするように、ぽんぽこ槍の尻尾を前肢二本で挟んだ。

すると、瞬く間に、ぽんぽこ槍は白煙と化した。そして、次の瞬間、娘の姿に戻り、白額虎もろとも小次郎が尻もちをついているすぐ近くの畳の上に落ちた。

気を失っている狸娘の下敷きとなり、白額虎が、

――むぎゅうッ。

と、押し潰《つぶ》された蛙のような悲鳴を上げ、じたばたと苦しそうに暴れている。

雛人形《ひなにんぎょう》の操り主であるはずの春日局がきょとんとしている。何が起こったのか分からなかったのだろう。

音もなく――。

小次郎の身体が動いた。

白額虎の身体を踏み台に、ひらりと宙を舞うと弥生人形に当て身をくらわせた。

弥生人形も、ぽんぽこの隣にぽとりと落ちた。

春日局の負けは火を見るよりも明らかであった。

それなのに、春日局が不敵な笑みを浮かべている。逆立っていた髪も元に戻り、本物の平安貴族の婦人のように落ち着き払っている。

「おぬしの負けだ」

小次郎は言った。

が、秀忠の正室である江姫と対立しつつも、大奥を作り上げた春日局はしぶとかった。

「殿に似ず、詰めの甘い男よのう」

春日局は小次郎を嘲笑《あざわら》った。そして、蛇のように髪を伸ばすと、あっという間に江姫を搦《から》め捕った。

細く白い江姫の首に春日局の髪が蛇のように巻きついている。

「そこをどきなさい、相馬小次郎」

春日局は江姫を人質に取り姿を晦《くら》ますつもりらしい。

春日局が手にしているのは江姫だけではない。いつの間にやら、弥生が持っていたはずの赤刀を手にしている。

炎を司《つかさど》る赤刀である。鞘《さや》から抜けば、紅蓮《ぐれん》の炎が噴き出すであろう。油を吸った〝雛人形の間〟が炎上し、城中に炎が燃え広がるのは明白である。下手をすれば、町中に火が広がりかねない。

「早く大奥《ここ》から出て行かぬか」

春日局は言う。

しかし、このまま逃がしたところで、春日局が小次郎たちを見逃すとは思えぬ。大広間から出たとたん、赤刀を抜き、江戸城もろとも焼き殺そうとするであろう。

なすすべもなく立ち尽くしていると、江姫が動いた。

自分の首が絞まるのも厭《いと》わず、江姫は春日局と向き合い、目をくわりッと見開いた。

すると、春日局の動きが、
ぴたり――

――と、止まった。

春日局は氷細工のように、瞬《まばた》き一つせず棒立ちとなっている。

春日局の目を見つめたまま、江姫は言う。

「織田家秘術、金縛りの術」

〃金縛りの術〃と言っても江姫は忍びではない。

歴史上、織田信長ほど眼光の鋭かった武将はいない。信長に、その目で射すくめられると、暗殺者でさえ凍りついたと言われている。

その信長の眼光の鋭さを、誰よりも受け継いだのは江姫だった。

もちろん、信長のように、一瞬で相手を凍りつかせるような真似はできない。江姫の〃技〃は信長に比べれば、子供だましであろう。相手の目から視線を外した瞬間、金縛りは解けてしまうに違いない。

ましてや相手は春日局である。今にも江姫の〃眼〃を押し返して来そうだ。

春日局の髪が江姫の首に巻きついているため、二人はまるで抱き合っているような恰好《かっこう》になっている。

江姫は言う。

「春日局を斬るのです、相馬小次郎」

言われずとも分かっているが、ここまで春日局とぴったりくっついていては一人だけ斬るのは難しい。

不意に気配を感じた。

「下らぬ」

聞きおぼえのないそんな声とともに、疾風が走った。

ぱらりと襖《ふすま》に斬れ目が走り、真っ二つとなった。

真っ二つになったのは襖だけではない。

襖に続いて、江姫と春日局の身体が血飛沫《ちしぶき》を上げた。音もなく、二人の女人が崩れ落ちる。

襖の向こうの暗闇に一人の剣客が立っていた。四十にも五十にも見える風貌《ふうぼう》だが、目が鷲《わし》のように鋭く殺気立っている。

剣客は斬られ、白い灰と化しつつある江姫と春日局に向かって吐き捨てる。

「女ごときが首を突っ込むことではない」

剣士姿の〝江戸城の守り人〟は、かちりと刀を鞘に戻した。

## 5

江姫の身体が灰と化すと、さらさらと崩れる灰の中から小次郎の刀が現れた。

ソハヤノツルギを拾い上げた小次郎を見て、男は鼻を鳴らした。

「刀を交える度胸があるのなら、能舞台まで来い」

小次郎の返事を待たずに、男は踵《きびす》を返すと、女くさい大奥の廊下を歩いて行ってしまった。

面妖《めんよう》なことに、男が歩いた後の道には、蛍のような幽《かす》かな光が残されている。小次郎を能舞台へと招いているつもりらしい。

「仕方あるまい。能舞台とやらへ参るか」

ソハヤノツルギを腰に差し、歩きかけたとき、ぽんぽこがぱちりと目をさまし立ち上がった。

「小次郎様、能見物でございますか。すると、玉子焼きの入ったお弁当がございますね」

ぐるるぐるると狸娘の腹が、いつもより悲しげに鳴っている。

聞けば、ぽんぽこは玉子焼きのにおいに誘われて、この〝雛人形の間〟へ来たものの、重箱に手をつける前に雛人形にされてしまったという。

しかも、雛拝見のため並べられた重箱は、油が飛び散り台なしになっている。化け猫であれば油を舐《な》めるところだが、狸娘であるぽんぽこは油っこいものが苦手であった。

「無念でございます、小次郎様」

ぽんぽこの声はどこまでも悲痛だった。

あまりに玉子焼きに気を取られているためか、ぽんぽこは自分の踏みつけているものに気がついていない。

――ぽんぽこ、早くどかぬか……。

狸娘の足の下で、白い仔猫《こねこ》姿の白額虎が息も絶え絶えになっている。

「あっ、白額虎様」

ようやくぽんぽこは気づき、慌てて飛び退《の》くが、散々踏みつけられたためか、白額虎はぐったりとしている。

「白額虎様、こんなところで寝ていては風邪を引いてしまいます」

ぽんぽこは言った。

# 五　刀法の鳳《おおとり》

## 1

目をさました弥生を連れ、小次郎たちは蛍のように白く光る廊下を駆け抜けた。

蛍光は野外へと続いている。小次郎とて江戸城の能舞台が野外にあることくらいは知っている。

夜空を見上げれば、天高く舞っていたはずの炎を纏《まと》った桔梗《ききょう》紋の小袖《こそで》が、火の見櫓《やぐら》の高さまで降りて来ている。早く決着をつけなければ、大火事になってしまう。

江戸の町を燃やそうとする桔梗紋の小袖に町人たちは誰一人として気づいていないらしく、物音一つ聞こえず静まり返っている。

そんな中、朗々たる男の歌声が聞こえて来た。

それ春の花の樹頭に上るは、上求菩提《じょうぐぼだい》の機を勧め
秋の月の水底に沈むは、下化衆生《げけしゅじょう》の相《かたち》を見す

声に誘われて歩いて行くと、赤々と燃える篝火《かがりび》が見えた。夜の江戸城に、白木の檜《ひのき》造りの能舞台が浮かび上がった。

舞台のまわりには、玉砂利が敷き詰めてある。

その磨き上げた舞台の上で、〃十六〃と呼ばれる女面のように上品な能面をつけ、紅入りの縫箔《ぬいはく》を着た男が、たたんと足取りも見事に舞っている。

小次郎たちに気づくと、男は舞いをやめ、ゆるりとした手つきで十六の面を外した。

「やっと来たか、相馬小次郎」

見おぼえのある男の顔が篝火に照らされ、能舞台の上に浮かび上がる。

その顔を見て、「ふああ」と欠伸《あくび》をしながら白額虎が言った。

――こんなところで遊んでおったのか、宗冬。

能舞台で敦盛《あつもり》を舞っていたのは柳生宗冬であった。

宗冬が決まり悪そうな顔をしている。その姿は、下らぬいたずらを見咎《みとが》められた子供の

ようにも見える。

「おぬし、こんなところで何をやっておるのだ？」

小次郎の口から呆《あき》れた声が出た。

天下の将軍家剣術指南役・柳生宗冬相手に無礼であるが、命を賭《か》けて敵と戦っているときに踊られては、呆れもする。しかも、宗冬はどこから見つけて来たのか、能面に能装束まで身につけている。

ちらりと横を見ると、弥生も呆れたように肩をすくめている。

宗冬を責めるような沈黙が能舞台に流れた。

宗冬は「こほん」と咳《せき》をすると言った。

「せっかくだ。その方たち、わしの能を見て、気を落ち着けるがいい」

再び、面をつけると、宗冬は踊り始めたのだった。

こんなときに踊られても迷惑だが、宗冬は上機嫌で舞っている。剣術の修行よりも、猿楽・能の練習をしている時間の方が長いと言われている宗冬である。能舞台を見てしまっては、いても立ってもいられぬのだろう。

好きこそ物の上手なれとはよく言ったもので、宗冬の舞いは素人離れしている。

不世出の猿楽師・喜多《きた》七太夫《しちだゆう》が、本来剣術使いにすぎぬ宗冬の舞いに一目置いていたというのだ。

しかし、高尚な芸に興味のない庶民には能など退屈であった。

能に興味を持てぬのは庶民だけではない。

「ぽんぽこは眠くなって参りました」

――ぐう、ぐう。

狸娘は欠伸を嚙《か》み殺し、化け猫はすでに高いびきをかいている。

明日の米にも事欠く貧乏浪人の小次郎にしても、能などは退屈なだけであったが、妖《あや》かしほど正直になれず、とりあえず舞台で踊り狂う宗冬を見ていた。

もちろん、今はのうのうと能を見ている場合ではない。そもそも小次郎たちは〝江戸城の守り人〟に導かれ、能舞台にやって来たのだ。

先刻から、小次郎は江姫と春日局を斬り捨てた男のものらしき気配を感じ取っている。

姿こそ見えぬが、ひたひたと気配が近づきつつある。

「小次郎殿」

さすがに弥生は、その気配に気づいたらしく、早々に鯉口《こいぐち》を切った。

舞台の上では面を被《かぶ》った宗冬が夢中で舞っている。すっかり敦盛になりきっているようであった。

その刹那《せつな》、敵の気配が消えた。

「ぬ?」

小次郎と弥生が気配を求め周囲に目を走らせたとき、能舞台の上に、
ふわり――

――と、影が君臨した。


轟々《ごうごう》と炎を放つ篝火が新参の影を赤く照らす。

宗冬と同じ十六の面が、能舞台の薄闇に浮かび上がった。

一瞬、突然の闖入者《ちんにゅう》におどろいたらしく宗冬の足がぴたりと止まった。

「未熟者め」

と、闖入者は宗冬に言うと、自ら敦盛を見事な足取りで踊り始めた。

得意の能を未熟と言われて悔しかったのか、再び、宗冬は舞い始める。

競い合うように、二人は激しく舞い始めた。

能舞台の上の騒ぎに、こっくりこっくりと船を漕《こ》いでいたぽんぽこが目をさます。

そして、能舞台を見て目を丸くし、狸娘の脇でくうくう寝息を立てている白額虎の後頭

部あたりをぺしぺし叩《たた》きながら言う。

「白額虎様、大変でございます。起きてくださいませ」

なかなか目をさまさぬ白額虎に業を煮やしたのかわざとなのか分からぬが、白猫を叩く手にちょいとばかり力が入りすぎたらしい。

「白額虎様ッ」

狸娘の手がぶんと唸《うな》りを上げた。

ぽんぽこの手が、横殴りに白額虎の後頭部あたりに命中した。

白額虎の正体は唐《もろこし》の仙虎《せんこ》だが、今の姿は白い仔猫《こねこ》である。

くうくうと気持ちよく寝ているところを、力の加減を知らぬ狸娘に殴られては、ひとたまりもない。

一瞬、飛び上がり、能舞台の上にぺしゃりと落ちた。二人の敦盛は、ぽんぽこと白額虎など眼中にないといった様子で舞い続けている。

ようやく白額虎が目をさまし、踊り狂う二人の演者を見て、驚いたように言った。

——なぜ、宗冬が二人もおるのだ？

## 2

衣装や面は同じものを身につけることができても、人の動きには癖がある。希《まれ》に見分けのつかぬほど姿形の似た者がいるが、座っているのならともかく、動き出したとたんにしぐさで別人と分かる。

能舞台の上の十六の面をつけた二人の敦盛は、動きやしぐさがそっくりなのだ。十六の面をつけていようと、小次郎は宗冬の動きを見知っている。

「うむ。確かに宗冬が二人おる」

相馬蜉蝣《かげろう》流の遣い手である小次郎の目から見ても、宗冬と闖入者を区別できなかった。白額虎の言うように、同じ男に見える。

「宗冬様が二人もおりますと、廉也様が大変でございます」

ぽんぽこは妙な心配をしている。言われてみれば、ぽんぽこが二匹いるようなものだ。並の人間では気の休まる暇がなかろう。

もちろん、今は廉也の心配をしている場合ではない。

踊りすぎて息が上がったのか、今ごろになって宗冬が面を脱ぎ怒声を上げた。

「きさま、何者だッ？」

「ふん。この程度で呼吸を乱すとは未熟者め」

能面の男は渋い声で言った。その声は、どこか宗冬を叱っているようでもあった。

おっとりとした見かけのくせに、宗冬は気が短い。

いきなり刀を抜くと、能面の男を睨《にら》みつけながら言った。

「ふざけたことを申すと、死ぬぞ」

しかし、能面の男は微動だにしない。ただ、ため息をつくと独り言のように呟《つぶや》いた。

「やはり十兵衛の足もとにも及ばぬか」

「何？」

兄・十兵衛の名を聞き、宗冬の顔色が青ざめた。

余人が口を挟む間もなく、宗冬が太刀をだらりと下げた。

つつつと宗冬の足が能を舞うように床の上を動いた。

剣呑《けんのん》な空気を感じ取ったのか、白額虎が慌てて能舞台の下に、にゃんばらりんと飛び降りた。

再び、能面の男と二人きりになった能舞台の上で宗冬の刀が柳の枝のように、ぐにゃり——

——と、撓《しな》った。

「柳生新陰流、柳陰《やなぎかげ》」

宗冬の声が響き、その太刀が風に吹かれた柳の枝のように撓り、能面の男に襲いかかる。

小次郎でさえ一目も二目も置く宗冬の奥義である。

普通の太刀筋である直線と違い、ぐにゃりと歪《ゆが》んだ流線の太刀筋を持つ〝柳陰〟を躱《かわ》すのは至難のわざである。

鞭《むち》のように撓った宗冬の太刀が男の喉《のど》を貫く寸前、

ぴたり——

——と、柳陰が止まった。

見れば、能面の男が両手で拝むようにして、宗冬の白刃を摑《つか》んでいる。

「まさか……。おぬしは、いや、あなた様は——」

宗冬は囁《ささや》くように言った。

顔面蒼白《そうはく》となった宗冬の太刀を捕らえたまま、能面の男はくるりと腰を捻《ひね》った。ただそれだけの動作であるのに、宗冬の身体が馬に蹴《け》られた鞠《まり》のように、ぽんと宙を舞い上がった。

そして、柔《やわら》の技にかかったように空中で半回転すると、無様にも腰から床にどしんと落ちた。

宗冬の太刀は能面の男の手に渡っている。

能舞台の床に無様な姿で転がる宗冬を見下ろしながら、男は技の名を口にした。

「柳生新陰流、無刀《むとう》の位《くらい》」

文禄《ぶんろく》三年、西暦でいうところの一五九四年のことである。

徳川家康の前で、柳生石舟斎宗厳《せきしゅうさいむねよし》は〝無刀の位〟の秘法を見せた。

一説によれば、丸腰である石舟斎を、徳川の剣術自慢の武士たちが五人六人で取り囲んだとも言われている。

関ヶ原の合戦の前のことで、徳川の武士の剣術自慢は、すなわち〝人斬り自慢〟でもあった。どの武士も戦場で数え切れぬほどの人を斬っている。

一方、石舟斎はこのとき六十六歳である。髪は白く、鶴のように痩《や》せこけている。そんな老人が丸腰で精悍《せいかん》の聞こえ高い三河《みかわ》武士の相手をしようというのである。

石舟斎の相手に指名された三河武士たちは、一人残らず腹を立てている。

「ふざけた爺《じじい》だ」

やがて、家康の合図の下、三河武士たちは抜刀すると、一斉に石舟斎に斬りかかった。

相手が老人であろうと女子供であろうと、家康の命令があった以上、情け容赦なく斬り捨てるのが三河武士である。

老人の首を目がけ、ぎらりぎらりと三河武士の刃《やいば》が躍る。

だが、三河武士の刃は石舟斎の身体に届かない。

枯れ木のように痩せた石舟斎が軽く腰を捻るたび、筋骨逞《たくま》しい三河武士の身体が宙を舞い、地べたに叩きつけられる。

決して素早くはないが、石舟斎の動きは春の小川の流水のごとく滑らかであった。次々と三河武士を手玉に取り、瞬く間に一人残らず地べたに這《は》わせてしまった。

そして、いつの間にやら、三河武士の武骨な刀が石舟斎の手に渡っている。

石舟斎は呟いた。

「柳生新陰流、無刀の位」

以来、柳生家は徳川に召し抱えられ、将軍家剣術指南役へと昇って行く。

しかし、〝無刀の位〟はその難しさから、石舟斎、宗矩《むねのり》、そして柳生十兵衛の他は、誰一人として修得できず、今となっては後の世に伝える者さえいないという。

その伝説の〝無刀の位〟が四代将軍の世に蘇《よみがえ》ったのだ。

小次郎にも、能面を被《かぶ》った〝江戸城の守り人〟の正体は分かった。

# 3

「これが我が息子とは情けない」

男は十六の面を外した。

ぎょろりとした目つきの顔が露《あら》わになる。言うまでもなく、大奥で江姫と春日局を斬って捨てた男である。

「父上ッ」

宗冬が飛び上がるように起き上がると、蝦蟇《がま》のように平伏した。

三人目の〝江戸城の守り人〟は但馬守《たじまのかみ》・柳生宗矩であった。

宗矩は小次郎を見た。

「柳生新陰流と相馬蜉蝣流。どちらが優れているか、今こそ決着をつけようぞ」

そして、宗矩は宗冬を能舞台からゴミくずのように蹴り落とすと言葉を続けた。

「舞台に上がって参れ、相馬小次郎」

ソハヤノツルギを片手に小次郎が能舞台に上がりかけたとき、どこからともなく、白狐《びゃっこ》が現れ、

こん――――

――と、一声、鳴いた。

そして、白狐が闇に姿を消すと、能舞台より長く延びた、〝橋がかり〟と呼ばれる通路から、

ふわり――――

――と、般若《はんにゃ》の面を被った男が現れた。

篝火《かがりび》の加減か、般若の面は泣いているように見える。

合戦慣れしている宗矩の判断は速い。

電光石火。

宗冬から奪い取った抜き身刀を手に、疾風のように般若の男に斬りかかった。

大坂夏の陣で、二代将軍秀忠の本陣が豊臣方の武者に襲われ、秀忠が危機に陥ったことがあった。この危機を救ったのが宗矩だった。

『木村主計以下素肌の武士三十五人秀忠に迫る。柳生宗矩なる者、馬前に立ち忽《たちま》ち七人を斬る』

と、『安藤治右衛門家書』に書かれている。

乱戦の中、一瞬で七人を斬り捨てた宗矩の太刀さばきは素早い上に重さもある。

宗矩が太刀を振るうたびに、
ぶん――――

――――と、宙を斬る音が響く。

しかし、宗矩の太刀は夜の闇を斬るばかりで、般若の男の身体に触れることさえできない。

それも、般若の男は宗矩の天下一の剣撃を紙一重で躱《かわ》しているらしく、指一本たりとも無駄には動かしていない。

見通しの悪い般若の面をつけて、宗矩相手にこんな真似ができるのは、小次郎の知るかぎり一人しかいない。

小次郎の予想を裏付けるように、般若の男は腰に見おぼえのある大太刀を差している。

「但馬守様に面白いものをお見せしましょう」

般若の男は女のようなやさしい声で言うと、無造作に宗矩の間合いへと入って行った。いまだに刀を抜こうとしない。

「調子に乗りおって」

宗矩が鬼の形相になり、般若の男を目がけ、上段から袈裟《けさ》斬りに刀を打ち下ろす。しかし、

「……」

宗矩の太刀は般若の男の血を吸う前に、ぴたりと止まった。

「きさま、何者だ……？」

驚きのあまり、宗矩の声がかすれている。

般若の男が両手で拝むように宗矩の太刀を捕らえている。

「柳生新陰流、無刀の位」

般若の男は呟《つぶや》くと、先刻、宗矩が宗冬相手に見せたように、軽く腰を捻《ひね》った。

とたんに、天下の柳生宗矩が宙を舞い、背中から能舞台の床に叩《たた》きつけられた。

いつの間にか、般若の男の手に宗矩の太刀が握られている。つい先刻の宗矩と宗冬の立ち合いを見ているようであった。

しかし、宗矩は宗冬ほど甘い男ではない。

床に叩きつけられた次の瞬間には、軽業師のように跳ね起きて、脇差を抜き、般若の男に斬りかかっていた。

さすがの般若の男も虚をつかれたのか、初めて動きに戸惑いが見えた。

宗矩の得物が大刀であれば般若の男の命はなかったであろうが、幸いなことに、脇差は二尺未満と短い。

稲妻のように走ったものの、身体には届かず、
すぱん――

――と、般若の面だけを斬った。

ぽろりと落ちた面の下から、美童と呼ぶに相応《ふさわ》しい女のような顔が、篝火が赤々と燃え盛る能舞台の上に晒《さら》された。

「きさま、何者だ？」

美童の名を知らぬ宗矩は、再び、誰何《すいか》する。

美童は答える。

「柳生十兵衛が息子、柳生廉也」

4

廉也にとって、宗矩は祖父にあたる。

祖父と孫に殺し合いをさせてはまずかろうと、小次郎が能舞台に上がるという素振りを見せたが、廉也は微笑とともに小次郎を制した。

「ここは柳生の戦《いく》さ場です」

廉也は父・十兵衛の仇《かたき》である風魔《ふうま》小太郎《こたろう》こと相馬時国を討つために、江戸城へやって来ている。

その邪魔をするのなら、祖父といえども容赦はできない。時国を敵とする点は小次郎と一緒だった。

しかし、相手は江戸柳生の祖・柳生宗矩である。

万一、正々堂々の立ち合いで宗矩が小次郎に敗れるような事態となれば、柳生新陰流そのものが相馬蜉蝣《かげろう》流に負けたということに他ならない。

だから、宗冬が負けたとき、小次郎より先に能舞台へと上がったのだ。

「十兵衛のせがれか」

宗矩が面白そうに笑った。

「宗冬よりは使うようだな」

芝居がかったしぐさで、脇差の刃先を廉也に向けた。

すると、二尺足らずの脇差が眩《まばゆ》い光に包まれ、みるみるうちに刃長四尺七寸八分の大太刀へと姿を変えた。

〝柳生の大太刀〟である。

廉也の腰にも、そっくり同じ〝柳生の大太刀〟が差してある。

この世に二本とないはずの霊剣だが、双方とも本物の〝柳生の大太刀〟であろう。

「廉也とやら、きさまも大太刀を抜け」

宗矩はすでに大太刀を下段に構えている。

下段にしては腰の高い、ゆったりとした構えであるが、さすがに江戸柳生の祖だけあって隙一つ見当たらない。

一方、廉也はいまだに大太刀を抜かず、見ようによっては、ふにゃりとした姿勢で立っている。

小次郎の目からも、廉也が何をしようとしているのか明らかだった。この病弱な御曹司《おんぞうし》は〝柳生の大太刀〟相手に、再び、無刀の位で、宗矩から刀を奪い取るつもりなのであろう。

「面白い男だ」

宗矩は心の底から愉快そうな顔をしている。

ひとしきり声を出さずに笑った後、宗矩の目がすうと細くなった。

「――が、面白い男は長生きできぬ。柳生十兵衛のようにな」

次の刹那《せつな》、裂帛《れっぱく》の気合いとともに、宗矩の下段の突きが廉也の身体に目がけ、毒蛇のように伸びて来た。

小手調べのつもりなのか、天下の柳生宗矩にしては平凡な突きであった。〝柳生の大太刀〟であろうと、これなら易々と取れる。

廉也は下段の刃《やいば》に対し、無刀の位のカタチに入った。

が、瞬転――。

宗矩の刃が、燕《つばめ》のように、とんッと跳ね上がった。真下から斬り上げて来る。

咄嗟《とっさ》に、廉也は宙に跳ぶと、くるりと後転し、これを躱《かわ》した。

着地したとたん、廉也の着物がぱらりと切れた。さらに、夜風が身体に堪《こた》えたのか、こんな時に廉也が咳《せ》き込み始める。

「柳生新陰流、燕返し」

呟きながら、宗矩は〝柳生の大太刀〟を担ぐように構え、すでに駆けている。

「廉也殿ッ」

小次郎と弥生は叫び声を上げるだけで、駆けつけることもできない。

宗矩の〝柳生の大太刀〟が廉也を斬り裂く瞬間、どこからともなく、握り拳《こぶし》ほどの大きさの紙人形が、

ひらひら――

――と、舞い込んで来た。


風もないのに、紙人形はひらひら、ひらひらと宗矩を目がけ飛んでいる。

面妖《めんよう》な紙人形を見て、宗矩の刃がぴたりと止まり、虚空に向かって怒声を上げる。

「邪魔をするつもりか、陰陽師《おんみようじ》ッ」

しかし、夜空に宗矩の怒声が響くのみで、返事は戻って来ない。

「ちッ」

宗矩は舌打ちすると、目前にまで迫って来ている紙人形に斬りかかった。

紙人形はおのれの腰に差していた人差し指ほどの長さの紙細工の刀を抜くと、宗矩の太刀を軽々と受けて見せた。

「くっ」

吐き捨てながらも、宗矩の太刀は止まらない。

小さな紙人形に向けて、針のように鋭い突きを次々とくり出す。

しかし、紙細工の刀は、
しゃりん、しゃりん――

――と、宗矩の突きを打ち返す。

大坂の陣で「鉄砲の弾でさえ斬る」と恐れられた宗矩が、紙細工の刀を斬り捨てられないのだ。

小さな紙人形と必死で打ち合う宗矩の背中から、今度は紅の紙人形が、ひらひらと飛んで来た。

声をかける暇《いとま》もなく、紅の紙人形は宗矩の背中に、ぺたりと張りついた。宗矩は気づいていない。

篝火《かがりび》の届かぬ濃い闇の中から、涼やかな男の声が聞こえた。

「呪《しゅ》」

その声を吸い込み、紅の紙人形が、

ぼう――――
――――と、燃えた。

あっという間に宗矩もろとも炎に包まれ、気づいたときには一握りの灰と化していた。

さらさらと灰が崩れ、宗矩が消えた。

相手を失った紙人形は紙細工の刀を腰に収めると、濃い闇の中へと飛び去った。

誰もが言葉を失い、後には沈黙だけが残った。

# 六　紙人形

## 1

いつまでも続くかに思われた静寂の後、ざくざくという足音とともに、烏帽子《えぼし》を被《かぶ》り、五芒星《ごぼうせい》の紋を抜いた黒い狩衣《かりぎぬ》を着た若い男が現れた。

生まれてから一度も日に当たっていないように見える青白い顔に、人形のように整っている目と唇が置かれている。そして、先刻まで宗矩と戦っていた紙人形を右肩に乗せている。

——晴明様。

と、紙人形が口をきいた。人の子、それも幼い娘の声のように聞こえる。

紙人形の言葉を耳にして、ぽんぽこが飛び上がった。

狸娘ごときに化け物呼ばわりされたのが気に障ったのか、紙人形がぽんぽこに言い返す。

「白額虎様、化け物でございますッ。紙人形の化け物が出ましたッ」

何を思ったのか、ぽんぽこは白額虎のところまで、とたとたと駆け寄り騒ぎ出す。

「大変でございます」

――化け物とは誰のことですか？　狸のお化けのくせに。

ずいぶんと気の強い紙人形らしい。

ぽんぽこが「むむむ」と腹を立てる。

「確かに白額虎様は〝猫のお化け〟でございますし、宗冬様は〝人のお馬鹿〟でございます。小次郎様に至っては、どうしようもない貧乏人でございましょう」

味方の悪口を並べているようにしか聞こえない。

「しかし、ええと……」

ぽんぽこは言葉に詰まる。

本来であれば悪口を並べた味方の美点を言うべき場面であるが、口喧嘩《くちげんか》などしたことのない狸娘だけあって、自分でも何を言っているのか訳が分からなくなったのだろう。小次郎たちの悪口を並べたまま黙り込んでしまった。

そんなぽんぽこに追い打ちをかけようと紙人形が口を開きかけたとき、五芒星の男――

安倍晴明が言葉を挟んだ。

「騒ぐでない」

静かな声であるのに、晴明の声は江戸の夜に響き渡った。

――晴明様……。

紙人形は不服らしく、晴明の右肩の上で口答えしている。

魔物だけあって悠長な連中らしいが、小次郎は無理矢理に話を戻した。

「なぜ、〝江戸城の守《も》り人〟を殺す？」

小次郎は聞いた。小次郎には陰陽師が何を企《たくら》んでいるのか見当もつかぬ。

――下郎の分際で、晴明様に話しかけるとは無礼者ッ。

紙人形はうるさい。陰陽師の使う紙人形なのだから、式神の類《たぐい》であろうが、ぎゃあぎゃあと口数の多い式神など初めて見た。

晴明も自分の式神に手を焼いているのか、薄い唇に軽く苦笑を浮かべている。それでも、

「少し黙りなさい」

と、紙人形に命じる。

――しかし、でございますねえ……。

口数の多い式神である。陰陽師に反論する式神も珍しい。

「耳元で騒がれては、こちらの耳が痛くなろう。――少し黙りなさい」

――晴明様がそうおっしゃるのでしたら……。

と、紙人形は渋々口を閉じる。

晴明は値踏みするように小次郎を見た。

「相馬小次郎」

陰陽師《おんみょうじ》は囁《ささや》くような小声で、小次郎の名を呼ぶ。

晴明に名を呼ばれただけなのに、ぞくりと背筋が凍り、小次郎の腕に鳥肌が立った。今まで戦った亡霊どもとは格が違うのかもしれない。

ゆったりとした口調で晴明は言葉を続ける。

「相馬時国がどこにいるのか、知りたくないか？」

「時国だと？」

確かに、陰陽師騒動が始まって以来、父・時国の姿を見ていない。

「きさまの仲間だろう？」

小次郎は晴明を睨《にら》みつける。

〝ちょんまげ、ちょうだい〟相馬二郎三郎の息子として育った時国は、幼いときから剣術を仕込まれていたこともあり、相馬蜉蝣《かげろう》流の達人である。

だが、時国は剣士であって、幻術使いの類ではない。

忍びの技はともかく、死者を地獄から呼び戻す〝帰煞《きさつ》〟などという面妖《めんよう》な術を使えるはずがなかった。

小次郎は陰陽師に言う。

「何もかも、きさまのしわざであろう」

「何もかもはこれからです、相馬小次郎」

晴明は薄く笑うと言った。

「よかろう」

と、小次郎は鯉口《こいぐち》を切った。小次郎の背後からも、かちり、かちりと鯉口を切る音が二つ聞こえた。いつの間にやら、廉也と弥生が、小次郎の後ろに立っている。

相手が化生《けしょう》でも斬り捨てるつもりだった。

晴明は手練《てだ》れの剣士三人を前にしても顔色一つ変えず、相変わらず青白い平安貴族調の顔に薄笑いを浮かべている。

痛いような沈黙が流れた。どのくらいか、時が経った後、篝の中で薪が、ばちりと爆《は》ぜ、闇に紅蓮《ぐれん》の火の粉を撒《ま》き散らした。

音もなく——。

小次郎が動いた。

ソハヤノツルギを抜き放ち、上段から一気に陰陽師に斬りかかった。ソハヤノツルギの銀の光が、

すぱん――

――と、晴明の首を斬り飛ばした。


胴体から離れた陰陽師の首が、ぽろりと地べたに転がった。

「ちょんまげ、ちょうだい。故あって、御首《おんくび》ちょうだい致し候う」

小次郎は言った。

しかし、晴明の胴体は倒れない。

「侍とやらは乱暴で困るな」

と、生首が笑っている。

「化け物がッ」

小次郎の声はかすれていた。

首を斬り落としても死なぬ化け物が相手では、剣術使いはお手上げというものだ。廉也

と弥生もなすすべもなく立ち尽くしている。

「小次郎様ッ、危のうございますッ」

ぽんぽこの声が聞こえ軽く身を捩《ねじ》ったとたん、ざくりと背中を斬られた。

狸娘のおかげで、辛うじて急所を外すことができたが、小次郎の背中から、ぶしゅりッと血飛沫《ちしぶき》が散った。

小次郎の膝《ひざ》ががくんと地べたに落ちた。

小次郎を斬ったのは紙人形であった。

――下郎の身で晴明様に刃《やいば》を向けるとは許せぬ。

紙細工の刀をぎらりと光らせ、小次郎に襲いかかる。

たかが紙人形といえど、柳生宗矩と互角に打ち合ったほどの技の持ち主である。いかな小次郎でも傷を負い、膝を地べたに突いている姿勢では勝てる見込みがない。

思わず、観念しかけたとき、小次郎の目の前で、

どろん――

――と、白煙が上がった。

白煙はすぐに晴れた。そして、馬ほどもある凜々《りり》しい顔つきの白虎《びゃっこ》が小次郎の前に立っていた。

――世話の焼ける男だのう。

この白虎こそ、白額虎の正体である。普段は酒好きの駄猫の姿をしているが、その正体は唐《もろこし》の仙虎《せんこ》である。

白額虎は目を光らせ、紙人形を睨みつけた。

――小次郎では物足りぬであろう。白額虎様が相手になってやろう。

紙人形も白額虎を睨み返す。今にも紙の刀で斬りかかりそうな風情だった。しかし、

「そのくらいにしておきなさい」

空気がひりりと冷えた。

陰陽師の胴体が、斬られた自分の首を持って、小次郎たちの方へ歩いて来る。

晴明は生首を自分の胴体に据えると紙人形に言った。

「殺してはならぬ」

――晴明様。

血の気の多い紙人形は不満そうな声を出す。

陰陽師の口から飛び出したのは意外な台詞《せりふ》であった。

「ここで相馬小次郎や柳生廉也、丸橋弥生に死なれては何もかもが台なしになるではないか」

「む？」

しかも、小次郎だけでなく、廉也と弥生の名も含まれている。

「晴明、きさま、何をするつもりだ？」

「相馬時国に聞けばよい」

話は振り出しに戻った。

「首が切れていると話しにくいものだな」

陰陽師は軽く顔をしかめると、右手の小指で斬られた首の傷を撫《な》でた。

撫でるそばから、すうと傷が消えて行く。

晴明の小指が首の回りを一周すると、斬られた痕《あと》が綺麗《きれい》に消えた。

「これでいい」

と、晴明は満足げに呟《つぶや》いた。そして、右肩に紙人形を乗せると、篝火《かがりび》の届かぬ深い闇を指差した。

「呪《しゅ》」

陰陽師は深い闇に向かって唱える。

すると、江戸城の闇に、明暦の大火で焼失したはずの天守閣が浮かんだ。

闇の中で、すでに聞き慣れた白狐の鳴き声が、

コン――――

――と、響いた。


安倍晴明の身体が闇に溶け始め、淡い影となった。そして、その影は少しずつ小次郎たちの目の前から消えて行く。

闇に姿を消す前に陰陽師《おんみょうじ》は言った。

「あの天守閣で泰山府君《たいざんふくん》の祭を行う。相馬時国もおるぞ」

## 2

実のところ、明暦の大火以前にも、江戸城の天守閣は二度に亘《わた》り壊されている。

最初に天守閣を壊したのは、二代将軍秀忠だった。父である家康と違い、秀忠に天下人たる器量はなく、将軍となっても、律儀なだけが取り得と呼ばれた。

秀忠は家康の作った天守閣を壊し、より大きなものを作ることで、後の世まで自分の力を誇示しようとした。

しかし、秀忠の夢は後世どころか三代将軍の世で脆《もろ》くも崩れ去る。

書類などに〝二代将軍〟と署名することもあったというほどに、三代将軍となった家光は父・秀忠を憎んでいた。

それも仕方のない話で、幼少のころから家光は秀忠に疎まれていた。秀忠は利発な家光の弟・忠長《ただなか》を三代将軍にしようとしていたくらいである。

当時、大御所として健在であった家康の一声で、家光は三代将軍となれたものの、父・秀忠への怒りは後々まで続いた。

そんな家光が秀忠の作った天守閣を放っておくわけもなく、直ちに打ち壊し、三つ目の天守閣を作り上げた。

家光の作った天守閣も明暦の大火で燃えてしまう。秀忠と家光の不仲を知る者は、秀忠の怨念《おんねん》と噂したという。

その後、天守閣は再建されることなく、親子三代に亘る確執だけが語り継がれている。

その幻の天守閣が四代将軍家綱《いえつな》の世に現れたのであった。

――ずいぶん洒落《しやれ》た塔だのう。

いつの間にか駄猫の姿に戻った白額虎が、天守閣を見て感心している。

城内だけでなく江戸の町を見渡せるように作られている天守閣は巨大である。石垣の上に五層を構え、最上階の屋根に黄金の鯱《しやちほこ》が置かれている。

江戸城に不案内な小次郎たちでも迷わず着くことができた。

――あの魚は旨《うま》いかのう。

白額虎は鯱を物欲しそうな顔で見ている。

「ぽんぽこは玉子焼きが欲しゅうございます」

悲しげに狸娘の腹が、ぐるるぐるると鳴った。大奥に続いて能舞台でも弁当にありつけなかったのだ。今日のぽんぽこは玉子焼きに嫌われている。

懐に余裕があれば、無理をしてでも玉子焼きを食わせてやるところだが、このところ戦国の亡霊や陰陽師と金にならぬ相手にかかずり合っているせいで、小次郎の懐は真冬の寒さであった。長屋の家賃の支払いすら危うい。

家康公の血を引き、絵草子の英雄よろしく戦国の化け物を退治してみたところで、小次郎の正体が素寒貧《すかんぴん》の貧乏浪人であることに変わりはない。このまま家賃を払えなければ、長屋から追い出されてしまうであろう。

このようなことをやっている場合ではなかろうとも思うが、乗りかかった船であるし、江戸の町を焼かれてしまってはさすがに寝覚めが悪い。

そんなことを考えていると、天守閣の天辺《てっぺん》から、一粒の青白く光る雪がひらひらと降って来た。

「小次郎様」

ぽんぽこの声が引き締まった。

またしても人外の化け物が降臨して来たらしい。白い花びらのように、ゆっくりと小次郎たちに向かって落ちて来る。

「任せてください」

廉也と弥生は同時に言った。

疾風迅雷。

手練《てだ》れの剣士は動きが速い。

青白く光る面妖《めんよう》な雪粒を見上げるや、廉也と弥生が跳躍した。そして、天守閣の壁を足がかりに宙へと跳ね上がって行く。

――化け物よのう。

獣のように身軽な二人を見て、唐の化け物であるはずの白額虎が感心している。確かに、廉也と弥生の身のこなしは人とは思えない。

先に雪の花びらに届いたのは廉也だった。

廉也は抜く手も見せぬ早技で、

すぱん――
――と、雪の花びらを二つに斬った。

地べたに落ちる廉也の背中から影が飛び出した。弥生である。

弥生は二つとなった雪の花びらの前に舞い上がると、ぎらりぎらりと二本の太刀を翳《かざ》した。

弥生は二本の太刀を操る二刀流を使う。それも本差しと脇差二本の宮本武蔵《みやもとむさし》の二天一流《にてんいちりゅう》と違い、同じ長さの太刀を操る宝蔵院流《ほうぞういんりゅう》の二刀流であった。

「りゃあッ」

可憐《かれん》な声とともに二筋の銀色の光が闇を斬り、雪の花びらは四つとなった。

それでも弥生は手を緩めない。

雛人形《ひなにんぎょう》にされたときのままの十二単衣《じゅうにひとえ》で宙を舞いながら、赤刀を持ち直すと、ばさりばさりと夜闇を斬った。

とたんに、弥生のはるか下方の地べたから四つの紅蓮《ぐれん》の火柱が上がった。

赤刀の召喚した灼熱《しゃくねつ》の炎が闇を退けながら、四片の雪の花びらを喰《く》った。

音もなく――。

雪の花びらが消えた。

火柱の残り火に照らされながら、弥生がふわりと着地した。

きりりとした顔立ちから男のように見える弥生であるが、化粧をして美しい十二単衣を着ると花のように美しい。

相変わらずの無口であるが、氷刀と炎刀を見事に使いこなしている。廉也や小次郎よりも剣術の腕前は劣るが、最も神剣と相性がいいのは弥生なのかもしれない。

しかし、廉也や弥生が剣術の達人であろうと、相手は化生《けしょう》の魔物である。

「さすが我が子・晴明が見込んだ剣士の血筋」

と、女の声がどこからともなく聞こえた。

五芒星《ごぼうせい》が小次郎たちの目の前の闇に青白く浮かび上がった。

闇の中から、五芒星の紋を抜いた黒い着物を着た平安調の貴婦人――葛葉姫が姿を現したのであった。

五芒星の紋が小次郎たちの顔を青白く染めるほどに光っている。

再び、廉也と弥生が、刀を抜きかけたとき、江戸の町から火事を知らせる半鐘の音が、

カン、カン――

――と、鳴り響いた。

炎を纏《まと》った桔梗紋《ききょう》の小袖《こそで》が町場に降りたらしい。

聞こえるのは半鐘の音ばかりで、人の声など一つも聞こえない。この期に及んでも、江戸中の人々は寝静まっているようである。

「江戸を塵灰《じんかい》にするつもりか？」

小次郎は青白く光る五芒星に向かって怒鳴り声を上げる。

「武家の町などいらぬ」

女の声が答えた。

「おぬしらがどんなに武家を憎もうと勝手だが、今さらだぞ」

小次郎は言った。

明暦の大火のときがそうであったように、いったん塵灰となろうと、町は消えることなく蘇《よみがえ》る。

しかも、たとえ徳川幕府が倒れようと、全国にはいまだに天下に野心を持つ大名がいる。

「時は戻せぬ」

小次郎は時代遅れの陰陽師《おんみょうじ》どもに言ってやった。

女の笑い声が聞こえた。

「何を笑っておる？」

小次郎が聞くと、女はうれしそうな声で答える。

「時は戻せる」

——本気で〝泰山府君の祭〟をやるつもりのようだのう。

白額虎は言った。

「お狐様、〝泰山府君の祭〟などやってはなりませぬ」

ぽんぽこの表情が硬くなる。

古来、陰陽師は人の命を祈禱《きとう》によって取り替えることができる。これを〝泰山府君の祭〟と呼ぶ。

幸村たち戦国武将を人形《ひとかた》と呼ばれる呪術《じゅじゅつ》で現世に呼んだが、それはあくまでも帰煞《きさつ》であり、本物の戦国武将ではない。その証拠に死ぬと灰になってしまった。いわば、本体は草人形にすぎない。

それが、〝泰山府君の祭〟を行えば、死者は本当に生き返る。

しかし、その〝泰山府君の祭〟を行うためには身代わりの生贄《いけにえ》を必要とする。

唐《もろこし》の泰山に棲《す》む寿命を司《つかさど》る神・府君に縋《すが》り、生者と死者を交換するのが〝泰山府君の祭〟なのである。


──等価交換じゃのう。

唐の仙虎《せんこ》・白額虎が耳慣れぬ言葉を口にした。

「よく知っておるな」

女の声が闇で笑った。

──唐の術だからのう。

白額虎は言う。

〝泰山府君の祭〟は死者を蘇らせる術ではなく、あくまでも生者と死者を交換する儀式なのだ。両者の魂は同じ価値でなければならない。

ようやく小次郎にも、からくりが見えた。

陰陽師どもは、小次郎と廉也、そして弥生を生贄に、死者をあの世から呼び戻すつもりに違いない。

目の前に聳《そび》え立つ天守閣は〝泰山府君の祭〟を執り行う祭りの場なのだろう。

暗闇から女――葛葉姫が姿を現した。何がうれしいのか、整った唇に薄笑いを浮かべている。

「おぬしらの思い通りにはさせぬ」

小次郎の言葉に、葛葉姫は笑う。

「そんなことをしている間に江戸の町が燃えてしまう」

半鐘が鳴るばかりで、相変わらず町場の連中が起き出す気配はなかった。

ただでさえ火事に弱い江戸の町である。明暦の大火に続き、大惨事となりかねない。

どうしたものかと顔をしかめた小次郎に、廉也が言う。

「わたしと弥生殿で火を消して参ります」

火消しでもない廉也と弥生であったが、二人には神剣がある。水を操る廉也の青刀と、氷を呼ぶ弥生の白刀は火事に有効なのかもしれぬ。

廉也と弥生は、町場の火に向かって駆け出す素振りを見せたが、なぜか、その場から動かない。

戸惑う廉也と弥生に葛葉姫の声が飛んだ。

「葛葉流蜘蛛《くも》の糸」

見れば、葛葉姫の指の先から細く光る糸が走っている。その糸は、廉也と弥生の足に巻きついていた。

術の名の通り、蜘蛛の糸ほどの細い糸なのに、廉也も弥生も身動き一つ取れなくなっている。

「ふざけた真似を」

ソハヤノツルギを抜き、小次郎は葛葉姫に斬りかかろうとした、その刹那《せつな》、天守閣の屋根から、
ぽとり――――

――――と、生首が降って来た。

「む」

目の前に、ごろりと転がった生首を見て、小次郎の口から悲鳴とも嗚咽《おえつ》とも分からぬ音が漏れた。

天守閣から落ちて来たのは、父・時国の生首だった。

呆然《ぼうぜん》とする間もなく、背中に人の気配を感じた。その気配を小次郎は遠い昔から知っている。

時国の生首から目を逸《そ》らし振り返る小次郎に、背中の人影は言う。

「久しぶりだな、小次郎」

小次郎の背後に立っていたのは、祖父の〝ちょんまげ、ちょうだい〟相馬二郎三郎であった。

「よう帰って来た、影武者」

葛葉姫が声をかける。

徳川家康の影武者ほど歴史に名を残した者はいない。

側近でさえも家康と影武者を見違えたというほど、二人はよく似ていた。

家康と似ていることだけが二郎三郎を有名にしたわけではなかった。

〝ちょんまげ、ちょうだい〟

太平の江戸の世にまで相馬二郎三郎の二ツ名は残っている。

相馬蜉蝣《かげろう》流という耳慣れぬ古い時代の剣術を使い、妖狸《ようり》を手先に、徳川に仇《あだ》なす武将を葬った。

いったん二郎三郎に狙われると、どんな守りの固い城に隠れていようと逃げることはできなかった。

多くの場合、二郎三郎は武将を殺すことなく、脅し代わりに髷《まげ》を斬り落とした。

「ちょんまげ、ちょうだい致し候う」

徳川と敵対する者は、二郎三郎を恐れた。

さらに、二郎三郎には歴史を覆すほどの秘密があった。

徳川信康。

織田信長に切腹を命じられ、死んだはずになっている家康の長男が、二郎三郎の正体であった。

「祖父上《じじうえ》……」

小次郎の口から戸惑いの言葉が零《こぼ》れた。

小次郎が子供のころに二郎三郎は時国に殺されている。しかも、目の前に立っている二郎三郎は、小次郎の記憶にある年寄りではなく、三十そこそこに見える。

——これが〝泰山府君の祭〟だ、小次郎。

唐からやって来ただけに呪術に詳しい白額虎が教えてくれた。すなわち、陰陽師《おんみょうじ》は時国と二郎三郎を交換したというわけだ。

言葉を失う小次郎に二郎三郎が抜き身の刀を向けた。二郎三郎が握っている刀も、小次郎と同じソハヤノツルギだった。

「祖父上、何を……？」

小次郎の戸惑いは大きくなる。将軍に憧《あこが》れている時国ならば、邪魔をする小次郎を始末しようとするのも分かる。

だが、ここにいるのは誇り高き影武者・〝ちょんまげ、ちょうだい〟相馬二郎三郎なのだ。町に火を放とうとする陰陽師の手下になり下がるとは思えぬ。

「甘い男に育ったものよ、小次郎」

二郎三郎は薄笑いを浮かべた。

生まれて初めて見る祖父の薄笑いに、嫌な予感が膨れ上がる。

小次郎は二郎三郎に聞く。

「祖父上、まさか将軍になられるつもりですか？」

「家康公の息子であるわしが将軍になって何が悪い？」

「それでは父上と同じですぞ」

二郎三郎は将軍になろうとする時国を止め、斬り殺されたのである。

二郎三郎は時国の生首をちらりと見て言う。

「わしよりも時国《こやつ》の方が、世の中とやらを知っていたようだな」

「二郎三郎様……」

ぽんぽこが悲しそうな声で口を挟む。

「戦国時代は終わってしまいました」

狸娘のいうように、もはや槍《やり》一本で天下を争う時代ではない。

本物の信康であろうが、今さら顔を出したところで変わり者扱いされるのが関の山というやつだ。

「祖父上――」

と、小次郎が言いかけたとき、目の前の闇に波紋が生まれた。水面に小石をぽちゃりと投げ込んだような波紋である。

ぐにゃりぐにゃりと闇を歪《ゆが》ませながら波紋は広がって行く。

やがて波紋が収まると、小次郎の目の前に本物のように見える水面が広がった。水面は透き通っており、中を覗《のぞ》くことができる。

「天守閣で陰陽師が待っておる」

二郎三郎の言葉に応《こた》えるようにして、いつの間にか、紙人形が右肩に乗っていた。祭壇と五芒星《ごぼうせい》の敷物が置かれている部屋が水面の向こうに見えた。

部屋の中央には狩衣《かりぎぬ》姿の晴明が座っている。

「呪《しゅ》」

と、晴明が唱えると、ひゅう、と風が鳴り始めた。

風は晴明の映る水面から生まれていた。吸い込むような風が少しずつ強くなっていく。

水面の向こうで陰陽師が呼んでいるらしい。

小次郎は水中に飲み込まれた。

### 3

小次郎が消えると、二郎三郎も姿を消した。もう風も吹いていない。晴明の映る水面も少しずつ小さくなっていく。

「小次郎様ッ」

と、ぽんぽこが水中に飛び込みかけたとき、紙人形が動いた。

紙人形は晴明の肩から飛び立ち、水面を抜けると、ぽんぽこの目の前に立ち塞《ふさ》がった。

――あなたの相手はわたしですよ。

紙人形は言った。さらに、

「狸の始末は、わらわがつけましょう」

と、後ろから葛葉姫の声が聞こえた。

前方には紙人形、後方には葛葉姫がぽんぽこの邪魔をしている。廉也と弥生は葛葉姫の蜘蛛《くも》の糸に搦《から》め捕られ、相変わらず、身動き一つできずにいた。しかも、城の敷地の外では、桔梗《ききょう》紋の小袖《こそで》がじりじりと町場を焼いている。

ぽんぽこが困り果てていると、とことこと白額虎が歩いて来た。

「白額虎様――」

ぽんぽこが駄猫にすがりつく。

化け物の本場である唐《もろこし》の魔物を見て、紙人形と葛葉姫の顔に警戒の色が走った。

――仕方ないのう。力を貸してやるとするかのぅ。

白額虎は呟《つぶや》くと、ぽんぽこに何やら耳打ちした。

狸娘は「分かりました」とうなずくと、懐から大きな枯れ葉を取り出し、自分の頭にちょこんと載せた。

それから、絵草子の忍者のように両手で印《いん》を結び、むむむと唸《うな》ると、

「ぽんぽこ！」

と、呪文《じゅもん》を唱えた。

すると、頭に載せている枯れ葉から、白い煙が出てぽんぽこの身体を、

どろん——

——と、隠した。

白い煙が晴れ、ぽんぽこは大きな鋏《はさみ》となった。

あっという間に、ちょきちょきと廉也と弥生を搦め捕る蜘蛛の糸を切ってしまった。

白額虎が二人の若者に言う。

——早く火を消して参らぬか。町の屋台が燃えてしまっては、酒が飲めなくなるからのう。

「玉子焼きも焼きすぎては食べられませぬ」

分かったような分からぬような決まり文句を言うと、ぽんぽこはどろんと元の町娘の姿に戻った。

自由になった廉也と弥生が町場へ駆け出そうとするが、またしても邪魔が入る。葛葉姫が二人の前に立ち塞がったのである。

「うぬらには用がある」

再び、その指先から白い糸を吐き出した、そのとき、ぶわり――

――と、青白い炎が上がった。

呆気《あっけ》なく、葛葉姫の糸が灰になる。

青白い炎を身に纏《まと》い、白虎《びゃっこ》の姿になった白額虎が廉也と弥生の前で、葛葉姫に向かって牙《きば》を剝《む》いている。

――他人《ひと》の国の争いに嘴《くちばし》を突っ込むと、申公豹《しんこうひょう》がうるさいが、化け物退治ならよかろう。

独り言のように呟くと、廉也と弥生を半鐘の音が響く町場に追い立て、ぽんぽこに言った。

――化け物合戦の始まりだのう、ぽんぽこ。

# 七　千方の四鬼

## 1

——葛葉姫様、わたくしめにお任せください。

と、ぽんぽこと白額虎の前に出たのは紙人形であった。

たったひとりで妖《あや》かし二匹の相手をするつもりらしい。

武士であれば、正々堂々、一対一の戦いを挑むところであるが、ぽんぽこも白額虎も武士ではない。狸と虎の妖かしである。

「白額虎様、相手は紙のお人形がひとりでございます。二人がかりでやっつけてしまいましょう」

——よい考えだのう、ぽんぽこ。わしの背中に乗れ。

「あい、白額虎様」

ぽんぽこは白虎の背中に、ちょこんと座った。右手には弥生から預かった炎を操る赤刀を握っている。

――紙人形相手に赤刀とは、おぬしも悪《わる》よのう。

「白額虎様には敵《かな》いませぬ」

悪代官と越後屋《えちごや》のような声で笑うと、白額虎は宙を駆け、紙人形へと突進する。

――晴明様の式神の実力《ちから》を知らぬのですね。

ため息をつくと、紙人形も宙に舞った。

そして、ゆっくり回転すると、紙の折り目がまっすぐに伸び、畳一畳ほどの一枚の大きな紙片となった。

――紙人形がただの紙になってしまったのう。

と、目を丸くする白額虎にぽんぽこが言う。

「剣呑《けんのん》でございます、白額虎様。紙のお人形様は〝折り紙の術〟を使います」

――なぜ、それを早く言わぬのだ?

「忘れておりました」

――おぬしなあ……。

悪代官にも越後屋にもなれぬ間抜けな二匹であった。

二匹の妖かしを尻目《しりめ》に、紙人形だった紙片が、

くるり、くるり――

――と、姿を変えた。


あっという間に紙の手裏剣となり、しゅるしゅると目にも留まらぬ速さで飛び始めた。

しかも、歪《いびつ》に折られた紙の手裏剣だけあって、その動きは変則的である。

手裏剣が通りすぎるたび、ぽんぽこの着物が、ぱらりぱらりと斬られて行く。

――何をしておる、ぽんぽこ。刀でそやつを斬らぬかッ。

と、白額虎は言うが、剣士でも忍びでもない狸娘が飛び交う手裏剣を斬れるわけがない。

躱《かわ》すだけで精いっぱいだった。

「ひ、卑怯《ひきょう》でございます、紙のお人形様」

ぽんぽこは言った。つい先刻、一対二で紙人形を焼き殺そうとしたことなど忘れている。

「武士として恥ずかしくないのでございますか？」

狸娘は紙人形を責める。

相手は紙人形だし、ぽんぽこ自身も狸娘である。どこをどう見ても武士ではない。卑怯もお経もなかろう。

それはそれとして、相馬一族と長く生活をともにしていたためか、ぽんぽこもそれなりに刀を使える。しかも、狸娘だけに野性の勘とやらも持っている。

何度も斬られるうちに手裏剣の軌道をおぼえたのか、再三再四、しゅるりしゅるりとやって来る手裏剣に向かって、

「見切りました」

と、赤刀を走らせた。

灼熱《しゃくねつ》の刃《やいば》が紙手裏剣を、

すぱん――

――と、真っ二つに斬り裂いた。

ぽんぽこの太刀さばきが速かったため、紙手裏剣を焼くことはできなかったが、それでもただの紙片となって地べたに、はらりはらりと落ちた。

「次はお狐様の番でございます」

綺麗《きれい》に斬ったことがうれしいのか、ぽんぽこは調子に乗っている。地べたに落ちた紙片が蠢《うごめ》いていることに気づかない。

——これ、ぽんぽこ。

白額虎が声をかけたが遅かった。

狸娘の背中を、

ざくり——

——と、紙人形が斬った。

ぽんぽこの背中から、ぷしゅりッと血が噴き上がる。

見れば、斬られたはずの紙人形が元の姿となり、紙細工の刀を構えている。

紙人形は冷たい声で言った。

——斬られたくらいで、わらわが死ぬと思うたか？

白額虎の背中からぽんぽこが転げ落ちた。

## 2

小次郎は天守閣の中、晴明の祭壇が置かれている部屋にいた。部屋の中には、晴明と二郎三郎がいる。

三人そろって壁を見つめていた。

なぜか壁には下界の様子が映っている。

紙人形に斬られ、地べたに転がる狸娘を見て、

「ぽんぽこッ」

と、小次郎は大声を上げた。

助けに行こうと、壁に駆け寄ると、それまで映っていた下界の景色が、ふと消え、ただの壁に戻った。

小次郎は出口をさがすが、面妖《めんよう》なことに部屋には出入り口も、そして窓さえもなかった。四方八方を塞《ふさ》がれている。

「助けに行ったところで手遅れだ」

嘲笑《あざわら》うように二郎三郎は言った。

小次郎は祖父を睨《にら》みつける。

「祖父上《じじうえ》はぽんぽこが斬られても平気なのですか？」

小次郎よりも、戦国の世をともに戦い抜いた二郎三郎の方が、ぽんぽことの付き合いは長いはずである。

それなのに、二郎三郎はぽんぽこが斬られたところを見ても平然としている。それどころか、

「化け物に情を移したか？」

ぽんぽこのことを化け物呼ばわりして、二郎三郎が大げさに驚いて見せる。

「何？」

小次郎の声が尖《とが》った。これまで祖父として礼を尽くして来たが、目の前にいるのは小次郎の知る二郎三郎とは別人のようだ。

小次郎の顔色を読んだのか、晴明が口を挟んだ。

「別人ではない、相馬小次郎」

「どういう意味だ？」

小次郎は聞き返す。小次郎の知る二郎三郎は性根のやさしい穏やかな男で、冗談にも、ぽんぽこを化け物扱いするような男ではない。

晴明は薄く笑い、小次郎に言う。

「きさまは老いぼれて力を失った相馬二郎三郎しか知らぬのだ」

腹立たしい話だが、陰陽師《おんみょうじ》の言うことも一理ある。

昔語りに残る相馬二郎三郎、すなわち若きころの徳川信康の姿は、決して穏やかなものではない。どこまで本当のことなのか分からぬが、領内の盆踊りで気に入らぬ領民を弓矢で射殺したこともあったほどである。

「地獄とやらで、ずっと後悔しておった。恰好《かっこう》をつけて徳川を去ったのは馬鹿であったと、な」

二郎三郎は淡々とした口振りで言う。

「自分の愚かさに気づいたときは、もはや手遅れじゃった」

すぐに家康が死に、名実ともに秀忠が天下人となった。二郎三郎が信康と名乗ったところで、邪魔者として討たれるだけであったろう。殊に、秀忠は信康と比較されて育った結果として、優秀な兄の名を耳にするだけで、不快な顔をしたという。

二郎三郎には、名もなき浪人として生きる他に道がなかったのだろう。

「人の世に後悔はつきものでござろう」

知らず知らずのうちに、祖父を諭すような口振りになっていた。

平和な世に生まれた小次郎であるので、二郎三郎ほど波瀾万丈《はらんばんじょう》の人生を送っていないが、それでも二十年も生きていれば後悔など山のようにある。しかし、時の流れは戻せぬのだから、くよくよと思い悩んでも仕方がない。

「知っておるか、小次郎」

二郎三郎が言う。

「時は戻せる。おぬしの首と引き換えに家康公が戻ればよいのだ」

二郎三郎はソハヤノツルギをぎらりと抜いた。本気で戦国の世に戻すつもりでいるらしい。

祖父相手に戦いたくないが、こうなってしまっては仕方がない。

「時は戻せぬ」

そう言うと、小次郎もソハヤノツルギを抜いた。が、

「……！」

構えようと力を入れても、蠟《ろう》で固めたように足が動かない。

足もとを見ると、五芒星《ごぼうせい》の紋が大きく描かれた敷物が広がっていた。

身動き一つ取れなくなった小次郎を見て、晴明が呟《つぶや》いた。

「隠形鬼《おんぎょうき》」

小次郎の足もとに膝丈《ひざたけ》ほどの小鬼が浮かび上がった。小鬼は灰色の般若《はんにゃ》の面を被《かぶ》り、面と同じ灰色の狩衣《かりぎぬ》を着ている。

小次郎が動けぬのは、この小鬼のしわざであるらしい。

斬り捨てようと、ソハヤノツルギを構えると、灰色の小鬼——隠形鬼は五芒星の紋に沈むように姿を消してしまった。

相変わらず小次郎は動くことができない。

「この祖父が、あの世に送ってやろう」

隠形鬼に足を取られ、動きの止まった小次郎に、二郎三郎が斬りかかって来る。

目にも留まらぬ太刀さばきであったが、相馬蜉蝣《かげろう》流は小次郎も修得している。自由に動く上半身だけで、二郎三郎の剣撃を右へ左へと受け流した。

「ほう」

とたんに二郎三郎の目が細くなった。このしぐさは、祖父が何かに感心しているときの癖だった。

二郎三郎は小次郎に言う。

「少しは腕を上げたようだな」

「……」

と、小次郎は無言で刀を構え直す。

足が動かぬ以上、頼りになるのは五感と、それに剣士としての直感だけである。少しでも捌《さば》きが遅れれば、小次郎は二郎三郎の刀の餌食《えじき》となる。無駄口を叩《たた》いている余裕などなかった。

「手を貸してやろう」

と、晴明は小声で独り言のように呟いた。

それから、二郎三郎の返事も待たずに、呪《しゅ》を唱えた。

「風鬼」

その言葉に慌てたように、二郎三郎が五芒星の敷物から飛び退《の》く。

次の瞬間、大風が、
びゅう――

――と、吹いた。

「む」

小次郎はしゃがみ込むが、何の役にも立たなかった。

紙屑《かみくず》のように小次郎の身体が吹き飛ばされ、壁に激しく叩きつけられた。

「ぐっ」

肺から空気が抜けた。

そして、鞠《まり》のように弾みながら床に叩きつけられ、敷物の五芒星の紋の上で倒れる。

呼吸が苦しくなるほど壁と床に叩きつけられ、立ち上がることのできなくなった小次郎の前に、隠形鬼に続く二匹目の小鬼が姿を見せた。

隠形鬼と似たり寄ったりの背恰好で、今度の小鬼は赤い般若の面に赤い狩衣を着ている。

この小鬼が風鬼であるらしい。

床に這《は》いつくばり、五芒星の敷物から動けない小次郎に晴明は訳の分からぬことを聞く。

「その方、泳げるか？」

壁に打ちつけられた衝撃で、満足に呼吸さえできぬのだから、返事などできるわけがない。

そんな小次郎を尻目《しりめ》に、座った姿勢のまま、晴明がふわりと宙に浮いた。

嫌な予感に背筋が冷たくなる。

「水鬼」

陰陽師が呪を唱えた。

とたんに、部屋の中に水が満ちて来た。

立ち上がることさえできない小次郎を残し、二郎三郎が跳躍した。脇差を天井に突き刺し器用にぶら下がっている。

小次郎だけが水に飲まれた。

息が詰まり、水の重さに押し潰《つぶ》されかけたとき、さあと水が引いた。

「死なれては泰山府君の祭が行えなくなる」

陰陽師《おんみょうじ》の声が聞こえた。

水を飲み、四つん這いの姿勢で咳《せ》き込む小次郎の前に第三の小鬼——水鬼が姿を見せた。その名の通り、水色の般若の面に同色の狩衣を着ている。

むざむざと時国が首を刈られたのも、この小鬼たちを相手にしたからであろう。生身の人間が勝てる相手とは思えない。

「〝千方《ちかた》の四鬼〟くらい聞いたことがあろう」

宙に浮いたまま晴明は独り言のように呟いた。

式神を使う陰陽師など珍しくもないが、〝千方の四鬼〟と呼ばれる四匹の小鬼は式神の中でも別格だった。

大風を吹かせる風鬼、大水を起こす水鬼、姿形を隠す隠形鬼、そして——

つけた。

まるで歯の立たない小次郎に油断したのだろう。晴明に隙が見えた。

残り少ない力を振り絞り、小次郎は宙に浮かぶ陰陽師に目がけ、ソハヤノツルギを投げつけた。

ソハヤノツルギは銀光となり、矢のように晴明の胸に突き刺さった。が、

「武士というのは諦《あきら》めの悪いものだな」

晴明は平然としている。

見れば、ソハヤノツルギは晴明に刺さっていない。いつの間にやら、晴明とソハヤノツルギの間に、金色の般若の面をつけた小鬼が立っている。ソハヤノツルギは、この小鬼の金色の狩衣に突き刺さっていた。

「金鬼」

第四の小鬼の名を晴明が呼ぶと、深く突き刺さっていたはずのソハヤノツルギが、ぽろりと落ちた。

小鬼——金鬼はゆっくりと小次郎の前に降り立った。四鬼は小次郎を取り囲むように姿を晒《さら》している。

気づいたときには、敷物の五芒星の中に、四鬼と小次郎の身体が入っていた。

「これより泰山府君の祭を執り行う」

陰陽師の声が冷たく響いた。

不意に部屋が暗くなり、神棚の灯明がほのかな光を放つ。薄闇の中で、足もとの五芒星の紋が青白く輝いている。

晴明は言う。

「五芒星の紋の中できさまの首を刈れば、徳川家康がこの世に戻って来るのだ」

「陰陽師ごときに、易々とそれがしの首を刈らせるものか」

小次郎はかすれる声で言った。近づいて来たところを噛《か》みついてでも晴明を倒すつもりでいる。

晴明は嘲笑《あざわら》う。

「この安倍晴明が、武士ごときの相手をすると思ったか？　汚らわしい」

と、吐き捨てるように言った。

「きさまの相手は千方の四鬼だ。そやつらはきさまの血を吸うまで、五芒星《ごぼうせい》の紋から出ることはない」

金鬼、水鬼、風鬼、隠形鬼が小次郎ににじり寄って来る。

ソハヤノツルギを失った上に、歴戦の式神四柱が相手では、いかな小次郎でも勝てる気がしなかった。

　そのとき、それまで静観していた二郎三郎が動いた。床に飛び降りると、餓狼《がろう》のように駆け、別の方向へ飛び上がった。

「そこまでだ、陰陽師」

　二郎三郎の声が部屋に谺《こだま》する。

　二郎三郎の跳んだ先には、陰陽師が坐禅《ざぜん》を組むような姿勢で浮いている。

「きさま、何のつもりだ？」

　さしもの陰陽師も虚をつかれ、術をつかうことさえせず、二郎三郎を見ている。

　二郎三郎はソハヤノツルギを振り上げると、流れ星のような残像を描きながら、安倍晴明を一息に斬った。

　陰陽師の身体が狩衣《かりぎぬ》ごと真っ二つに斬り裂かれた。驚いたように目を見開き、安倍晴明が床に落ちた。そして、灰となり、さらさらと崩れて行く。

「ちょんまげ、ちょうだい。陰陽師の御命、ちょうだい致し候う」

　二郎三郎はくるりとソハヤノツルギを回すと、手つきも鮮やかに、ちゃきんと腰の鞘《さや》に刀を収めた。

　何が起こったのか分からぬ小次郎の目の前から、千方の四鬼が姿を消した。

　後には二人の〝ちょんまげ、ちょうだい〟だけが残った。

## 3

「何を驚いておる?」

二郎三郎が小次郎に話しかけて来た。

いつの間にか、行灯《あんどん》に火が灯《とも》り、暖かな光が部屋の中を照らしている。晴明たちが消えてしまえば、祭壇と五芒星の敷物が場違いに見える普通の部屋である。

壁に打ちつけられた痛みが残っているものの、小次郎の身体も自由に動く。悪い夢でも見ていたように思える。

「小次郎、大丈夫か?」

と、二郎三郎はやさしく声をかけてくれる。

見た目こそ若いが、二郎三郎の声は小次郎の知るやさしい祖父のものだった。先刻まで敵対していた男の声とは、まるで別人である。よく分からぬが、猫撫《ねこな》で声で小次郎を騙《だま》しているわけでもないらしい。

「祖父上《じじうえ》、これはいったい……?」

狐につままれたような心持ちで小次郎は聞く。

「すまなかったな、小次郎」

二郎三郎は孫に頭を下げると、事情を話し始めた。

泰山府君の祭でこの世に戻って来る前から、二郎三郎は安倍晴明を警戒していたというのだ。

「わしが死んだ日のことをおぼえておるか？」

死者があの世へ旅立つまで四十九日あるというが、二郎三郎も時国に殺された後、肉体を持たぬ魂として現世を彷徨《さまよ》っていた。

現世に心残りがある者は幽霊となると古《いにしえ》より言われていたが、それが本当ならば世の中は幽霊だらけである。実際には、ほとんどの死者が四十九日であの世とやらへ旅立って行く。

裏を返せば、四十九日の猶予があるということだ。

二郎三郎は豹変《ひょうへん》し自分を殺した時国に憑《つ》いて回った。息子の身に何があったのか調べるつもりだった。

「詮《せん》ないことだがな」

二郎三郎は何度も自嘲《じちょう》の笑みを浮かべた。

これが昔話や絵草子なら、ひゅうどろどろと生者の前に化けて出て、調べ回ったことを伝えるところだが、実際に死者になってみると、どう頑張っても生者に手を触れることはおろか、話しかけることすらできなかった。

しかし、二郎三郎は息子が変わってしまった理由を知りたかった。

呑気《のんき》なところのある孫の小次郎と違い、時国は野心家だったが、浪人の身の上でありながらも武士であることに誇りを持ち、親を殺すような男ではなかったはずである。

すぐに謎は解けた。

時国の近くに陰陽師・安倍晴明の姿があったのだ。

不世出の陰陽師と呼ばれた安倍晴明の能力は、人知を超えていた。

そもそも安倍晴明自身、六百年以上も昔の時代の人間なのである。平安時代にさえ、陰《おん》陽道《みょうどう》の秘術を使い、死界から蘇《よみがえ》っている晴明には、死と生の壁などないに等しいのかもしれぬ。

呪術《じゅじゅつ》を使う陰陽師と言うと、何やら胡散《うさん》くさいように思えるが、実のところ、晴明は陰陽寮の役人であり時の天皇の信頼も厚い貴人であった。

言ってみれば、天皇の認めた悪霊祓《ばら》い師である。

二郎三郎を斬り殺すまで時国はぽんぽこと妖《あや》かし退治で、年老いた二郎三郎と幼い小次郎を養っていた。

「手に負えねえ化け物がいやがる」

何度もそんな言葉を時国の口から聞いている。

かつて二郎三郎自身も妖かし退治で口に糊《のり》していただけに、時国の苦労は理解できた。

「そのようなときは逃げるのだぞ」

他に忠告のしようもなかった。

相馬蜉蝣《かげろう》流を極め、〃ちょんまげ、ちょうだい〃として幾多の戦国武将と刃《やいば》を交え、そして倒して来た二郎三郎であったが、江戸の闇に棲《す》む妖かしには歯が立たないことも多かった。

しょせん、人と妖かしは違う生き物なのだから、歯が立たぬのは恥ずかしいことではない。

戦国の世で、織田信長や豊臣秀吉のように人の身でありながら、〃化け物〃と呼ばれた連中と戦って来た二郎三郎は、おのれが無敵でないことを知っている。

しかし、時国は言うことを聞かなかった。

「背中を見せるのは武士ではない」

人相手の理屈を持ち出し、傷だらけになって妖かしと戦った。

それでも巨大な妖かしに勝てぬと嘆く時国に、味方のような顔をして安倍晴明が近づいたのだろう。

たいていは時国はぽんぽこを連れているが、当然ながら二六時中一緒にいるわけではない。おのおのひとりで妖かし退治をすることもあるのだ。晴明は時国が一人でいるときを狙って近づいたに違いない。

こうして時国は晴明と知り合い、あっという間に心を溶かされ、二郎三郎を斬り殺したのだった。

時国と晴明の出会いは分かったが、肝心のところが小次郎には分からない。

「戦国武将を蘇らせ、さらに家康公までも現世に呼び戻して、晴明は何を企《たくら》んでいるのですか？」

小次郎は二郎三郎に聞く。

「分からぬのか、小次郎――」

と、言いかけたとき、二郎三郎の口から、
つ――

――と、一筋の血が流れた。

見れば、背中に刀を突き刺され、二郎三郎の胸から切っ先が飛び出している。

「祖父上ッ」

小次郎の声が部屋に響いた。

がくんと膝《ひざ》を落とした二郎三郎の陰から、五芒星《ごぼうせい》の紋を白く抜いた黒い狩衣姿の男が現れた。その男は右手に二郎三郎の血のついた刀を持っている。

「武士など汚らわしい」

五芒星の男——安倍晴明は言った。

晴明が軽く振ると、刀は一本の榊《さかき》となった。その榊は、泰山府君の祭を行うための神棚に活《い》けてあったものである。

五芒星の紋を抜いた敷物に二郎三郎の血がどろりと広がって行く。

「祖父上……」

小次郎は二郎三郎を抱き上げるが、その身体はすでに冷たくなっていた。小次郎は二度も祖父の死を目のあたりにしたことになる。

「嘆かなくともよい」

陰陽師の声が聞こえた。

顔を上げると、手の届くところに安倍晴明が立っていた。手には、二郎三郎を刺し殺した榊を持っている。

晴明は言葉を続ける。

「すぐに祖父と父の後を追わせてやろう」

小次郎は二郎三郎の亡骸《なきがら》を静かに横たえると、祖父の腰からソハヤノツルギをするりと抜いた。

「陰陽師、きさまだけはこの身が滅びても許さん」

「見苦しい男だ」

晴明は呟《つぶや》くと、呪《しゅ》を唱えた。

再び般若《はんにゃ》の能面を被《かぶ》った千方の四鬼が姿を見せた。

陰陽師は小鬼たちに命じる。

「今度こそ、相馬小次郎を殺すのだ」

**4**

——退屈な仕事だ。

千方の四鬼の一匹である金鬼は思う。

晴明は手間取っているが、目の前にいる相馬小次郎とやらはただの人の子で、金鬼たちにしてみれば虫けらと変わらぬ存在であった。

もともと金鬼たちは平安時代の豪族・藤原《ふじわらの》千方の子供だった。

その当時、地方の豪族は人として扱われず、中央の連中に気に入られないと〝鬼〟として討伐された。連中に気に入られるためには多額の金を納めなければならない。

地方の豪族の暮らしは貧しい。

殊に藤原千方は、よく言えばやさしい、悪く言えば甘い男だった。領民たちから搾り取ることを潔しとせず、中央の連中に金を送ることもしなかった。

当然のように討伐の対象とされた。

争いを好まぬ千方は、領民たちに兵役を課さず武器の備えも乏しい。中央の討伐隊に対抗する手段を持たなかった。

和睦《わぼく》を申し入れたが、中央の連中は聞かない。後に耳にした話では、近隣の豪族が千方の領土を手に入れるため、中央に多額の金を納めていたという。

「祟《たた》られる前に、鬼を皆殺しにせよ」

討伐部隊の声が昼夜を問わず、千方の領土に響いた。

連中にとって、千方たちは人ではなく鬼なのだ。人に害をなす鬼を殺しても何も悪くはない。

稲でも刈るように、中央の討伐部隊は千方に従う者の首を刈った。作物が実るはずの田畑に、首を落とされた骸《むくろ》が並び、そこから流れる血が池を作っていた。

気づいたときには、千方と四人の子供、それに数人の家臣を残すのみとなっていた。もはや戦う余力もない。

千方たちは屋敷を捨て、山へ逃げた。

肝心の千方と子供たちの首を取らねば討伐は終わらない。中央の討伐部隊による山狩りは熾烈《しれつ》を極めた。

ひとり、またひとりと千方に従う家臣たちは姿を消した。山狩りに殺された者もいれば、千方を見かぎる者もいた。

八百万《やおよろず》の神とはよく言ったもので、こんな山奥にも祠《ほこら》があった。何十年、ことによると百年も昔の古い社で、今にも崩れ落ちそうに見える。

千方たちは、その崩れかけた社に身を寄せた。すぐに見つかることは分かっていたが、他に逃げ場などなく、そして千方たちは疲れ果てていた。

――ここで死のう。

言葉に出さずとも、誰もがそう思っていた。

やがて討伐部隊の足音が聞こえ、風前の灯《ともしび》となったとき、荒れ果てた神棚から、

こん――――

――と、狐の鳴き声が聞こえた。

見れば、いつの間にか白狐《びゃっこ》が神棚の前に座っていた。

ただの野狐にしては毛並が美しすぎる。神棚の前に現れたところを見ると、祠の王――神狐であるのかもしれぬ。

千方は土下座し、神狐に縋《すが》る。

「我らの命を助けてくださいませ」

四人の子供も千方に倣い、社の床に額を擦《こす》りつけた。

神狐は返事をするように、「こん」と鳴くと、ぐにゃりと姿を歪《ゆが》ませ、身分の高そうな女人となった。黒い着物には、五芒星の紋が白く抜かれている。

「葛葉姫」

と、五芒星の女人は名乗った。

狐が人になるという不思議を見て、ますます千方の頭は下がる。

「葛葉姫様、どうか我らをお救いください」

平伏する千方と四人の子供たちを前に、葛葉姫は静かな声で言う。

「助けてやってもよい」

「ありがとうございます」

「ただし、うぬの四人の子供を我が僕《しもべ》とする。——よいな？」

うなずくより他になかった。

すると、葛葉姫は四枚の呪符《じゅふ》を取り出した。

呪符には、くねくねと曲がりくねった字で、〝金鬼〟〝風鬼〟〝水鬼〟〝隠形鬼〟と書かれていた。

「呪」

と、葛葉姫が唱えると、
ひらひらひらひら……——

——と、四枚の呪符が宙に舞った。

道に迷った胡蝶《こちょう》のように、四枚の呪符はしばらく宙で舞っていた。

もう一度、葛葉姫が呪を唱えると、四枚の呪符は、それぞれ、土下座している千方の子供たちの背中に張りついた。

焼かれるような痛みが全身を貫いた。四人の子供たちは、のたうち回り、そして静かになった。

「何をなさる」

大声を出してしまった。

「助かりたくば静かにしておれ」

葛葉姫の言葉は冷たい。

気の弱い千方は逆らうこともできず、目を閉じた。目を閉じれば、現実を見なくともよい。そう思ったのだろう。

千方が再び目を開いたときには、四人の子供たちは見るもおぞましい小鬼の姿となっていた。

小鬼となった四人の子供たちに葛葉姫は命じる。

「金鬼、風鬼、水鬼、隠形鬼よ。ぬしらの父の命を狙う討伐部隊を皆殺しにせよ」

千方の四鬼となった四人の子供たちは山に散った。

勝負は一瞬のうちについた。

千方の四鬼の前には骸が並び、以来、千方に手を出す者はいなくなった。

しかし、金鬼たちはすでに人の子ではない。しかも狐である葛葉姫の下僕なのだ。人の世で生き続けることは許されない。

父と離れ、葛葉姫の命令で数え切れぬほどの人を殺した。

やがて、葛葉姫の子・安倍晴明の式神となり、さらに何百人もの人を殺している。

目の前では、時代遅れの武士が刀を構えている。

「今度は負けぬ」

人の身でありながら、金鬼たちを倒すつもりでいるらしい。

――殺せるものなら殺して欲しい。

葛葉姫の呪術によって、小鬼となった金鬼たちは生きることに飽いていた。一刻も早く、父・千方のいるであろうあの世とやらへ行きたかった。

が、死ねぬ。

嵐のように打ちかかる小次郎の刃《やいば》は、金鬼たちの命を奪うどころか、その身体に傷一つつけることができない。

風鬼が大風を呼ぶと、小次郎の身体は紙屑《かみくず》のように吹き飛ばされ、壁に叩《たた》きつけられ、床に落とされた。

——また死ねぬようだな。

金鬼はほんの少しだけ肩を落とす。見れば、かつて兄弟だった他の三鬼も悲しそうな目を般若《はんにゃ》の面の下から覗《のぞ》かせている。

——終わりにしよう。

小次郎とやらを殺そうと歩み寄ったとき、轟音《ごうおん》とともに壁の一面が吹き飛んだ。そして、数え切れぬほどの枯れ葉が部屋の中に飛び込んで来た。

## 5

ぱらぱらと壁の破片が、晴明の狩衣《かりぎぬ》を汚した。

人の寿命すら見通すと言われた晴明にさえ、何が起こったのか分からなかった。

かつて壁だった辺りに目をやると、この世のものとも思えぬ美しい娘が立っていた。娘の周りで、枯れ葉がくるりくるりと渦を巻いている。

「ぽんぽこ、生きておったか」

千方の四鬼に殺されかかり、息も絶え絶えであったはずの相馬小次郎が娘——ぽんぽこを見て大声を上げた。

壁を破って姿を見せたのは、紙人形に斬られたはずの狸娘であった。

「母上は——、葛葉姫はどうした？」

晴明の声に焦りが混じっていた。

死ぬたびに、葛葉姫の執り行う泰山府君の祭で生き返って来た晴明だけに、母の身は心配であった。

「許しませぬ」

と、呟くばかりで、ぽんぽこは小次郎にも晴明にも返事をしない。ただ床に転がっている二郎三郎の死骸《しがい》と死にかけている小次郎を見つめている。

ぽんぽこの返事を待つまでもなく、壊れた壁の間から葛葉姫と紙人形の姿が晴明の目に飛び込んで来た。

はるか下の地べたに、白狐と紙人形が倒れている。生きているのか死んでいるのか、ぴくりとも動かない。

面妖《めんよう》な狸娘であったが、武器を持っているようには見えず、その上、隙だらけである。

「きさまから死ね」

晴明は榊《さかき》の刀でぽんぽこに斬りかかった。

刃を目のあたりにしても、ぽんぽこは身動き一つしない。

「逃げろ……」

と、小次郎がかすれた声で言うが、手遅れである。

晴明の刃がぽんぽこを袈裟《けさ》に斬り裂いた。

「ぽんぽこッ」

小次郎の悲痛な叫び声が天守閣に響き渡った。時国、二郎三郎に続きぽんぽこまで晴明に殺されたと思ったのだろう。

が、晴明に人を斬った手応《てごた》えはなかった。

ぽんぽこの死骸を確かめようと振り返ったとき、今まで感じたことのない妖気《ようき》が晴明の全身を貫いた。

見れば、斬り捨てたはずのぽんぽこの死骸がない。白額虎が困ったような顔で立ち尽くしている。

ひりりひりりと焦げつくような妖気が部屋中に広がっている。

「どこに逃げおったッ」

強い妖気に圧《お》され、晴明は金切り声を上げた。

さらに妖気が強くなる。

晴明の前に、再び、ぽんぽこが現れた。長い黒髪がなびき、尻《しり》からは尻尾《しっぽ》が飛び出している。渦を巻いている枯れ葉が禍々《まがまが》しい魔物のように見える。

「金鬼、風鬼、水鬼、隠形鬼、この娘を始末しろ」

式神に命じる晴明の声は震えていた。

千方の四鬼がぽんぽこに目がけて殺到する。

晴明の怯《おび》えが千方の四鬼にも伝わったのか、すでに大風と大水が生じている。一息にぽんぽこを殺すつもりなのだろう。

激しく音を立てて、大風と大水がぽんぽこを飲み込んだ。

しかし、ぽんぽこは平然とした顔でその場に立っている。

次の刹那《せつな》、数百もの枯れ葉が、逆に大風と大水を飲み込んだ。

枯れ葉が狸娘を守り、大風と大水を弾《はじ》き返したのだ。信じられぬ話だが、この狸娘は千方の四鬼をしのぐ妖力を持っているらしい。

ぽんぽこは自分の長い黒髪をぷつりぷつりと四本ばかり抜くと、
ふ――――――と、息を吹きつけた。

とたんに、黒髪は黒い槍《やり》となり、千方の四鬼の喉《のど》を刺し貫いた。

千方の四鬼たちの醜い顔を隠していた般若の面が、ぽろりと床に落ちた。

面の下から露《あら》わになったその顔は、歪《いびつ》な鬼面ではなく、十六、七の白皙《はくせき》の美少年のものであった。

「やっと死ねる……」

かつて金鬼だった少年は独り言のように呟《つぶや》くと、他の少年たちと一緒に、さらさらと崩れて行った。

これが千年もの時を生きた〝千方の四鬼〟の最期であった。

# 八　陰陽師

## 1

安倍晴明が武家を目の仇《かたき》にするようになったのは、長寛《ちょうかん》二年、西暦でいうと一一六四年に遡《さかのぼ》る。

当時、上皇であった崇徳《すとく》は、保元《ほうげん》の乱で後白河《ごしらかわ》天皇に敗れ、讃岐《さぬき》に流されると髪をおろし、自分に従い死んだ仲間たちの供養のために五部大乗経を写経する日々を送っていた。五部大乗経とは、華厳《けごん》・大集《だいじつ》・大品般若《だいほんはんにゃ》・法華・涅槃《ねはん》の五経の総称であり、常人であれば読み終えるのも苦労するほどの膨大な長さである。それを崇徳は供養の念を込めつつすべて写経した。

それでも後白河は崇徳を許さず、京に呼び戻そうとはしなかった。徹底的に自分から遠ざけたのである。

そこまで後白河が崇徳を嫌ったのには、歴史の表に出ることのない理由があった。神話にもその名を残していないが、天皇家には〝御所呪術《じゅじゅつ》〟と呼ばれる呪《まじな》いが伝わっている。

誰も彼《か》もが呪いを使えるわけではないが、讃岐に流された崇徳は、ほんの少しだけ〝御所呪術〟を使うことができた。もちろん保元の乱で負けたくらいだから、たいした呪術の使い手ではない。

しかし、呪術を使うことのできぬ後白河にしてみれば、ほんの少しだろうと面妖な術を使う男が近くにいるのは落ち着かぬことであった。後白河は常に崇徳の影に怯えていた。

そんな中、崇徳が後白河宛てに物を送って来た。

おそるおそる中身を確かめてみると、五部大乗経を写経したものが入っている。

保元の乱で死んだ者たちの供養のために、都の寺に納めて欲しいという崇徳の手紙が添えられていた。

歴史的に見れば崇徳は敗者であったが、後白河の目には恐ろしい呪術使いである。当然のように、後白河は崇徳の書いた経文を突き返した。

後白河は崇徳が呪術をもって死者を蘇《よみがえ》らせ、京の都を攻めるであろうつもりと考えたのである。

この後白河の仕打ちに崇徳は激怒した。

「それでは呪ってやろう」

そう言うと、舌の先を嚙《か》み切り、呪《しゅ》を唱えながら、写経したすべての五部大乗経の上に血文字で、

日本国の大魔縁となり、皇を取って民となし、民を皇となさん

と、書き記すと、京の方向を睨《にら》みながら、憤死した。

その三年後の仁安《にんあん》二年、平清盛《たいらのきよもり》が武士として初の太政《だじょう》大臣となり、その後、承安二年には娘の徳子《とくこ》が中宮となる。

そして、あろうことか徳子が後の世で安徳《あんとく》天皇と呼ばれることになる皇子を産むのだった。

つまり、このままでは、崇徳の呪い――「民を皇となさん」が現実となる。

法皇となっていた後白河も、手を打たなかったわけではない。

「信太《しのだ》の森の陰陽師《おんみょうじ》を呼べ」

後白河は家臣に命じ、和泉国《いずみのくに》の信太の森から安倍晴明を呼び出した。

歴史上では、寛弘《かんこう》二年、西暦でいうと一〇〇五年に死んだことになっている安倍晴明であるが、泰山府君の祭により生き返り、信太の森の神域で母・葛葉姫と静かに暮らしていた。

〝化生《けしょう》のもの〟と呼ばれる晴明であるが、村上帝《むらかみ》の御代《みよ》に頭角を現して以来、天皇家の陰陽師として朝廷を守って来た。死去を理由に、歴史の表舞台から姿を消した晴明であったが、何かあるたびに天皇の忠実な陰陽師として力を貸していたのである。

待つほどもなく――命を受けた使者が都から出るより早く、紙人形を右肩に乗せた陰陽師が忽然《こつぜん》と姿を見せた。

話をするまでもなく、晴明は何もかも知っていた。

「武士を討ち滅ぼしましょう」

晴明は言った。

どこか遠くで、狐がこんと鳴く声が後白河の耳に聞こえた。

神話の昔から、日本を代表する化け物といえば狐と狸である。

狐の血を引く晴明が朝廷に仕えているように、狐は人の世での栄達を好んだ。

その点、狸はのんべんだらりとしている。

狐と遜色《そんしょく》ない妖力を持ちながら、人の子と関わることを嫌い、そのくせ、人の食い物や酒をちょろまかしながら、いい加減に生きていた。

崇徳が流された讃岐は、古来より、阿波《あわ》・伊予《いよ》・土佐とともに狐の棲《す》まない狸の国だった。

その狸の国で、崇徳は一匹の狸娘と出会ったという。

崇徳と狸娘の間にどんな話があったのか、晴明の知るところではないが、事あるたびに狸娘は晴明の邪魔をした。

「人の世は人のものでございます」

と、晴明の前に姿を現した狸娘は言った。

化生のものである晴明が、人の世に嘴《くちばし》を挟んではならないと狸娘は言いたいらしい。

事実、狸娘は一度死んでいる晴明や妖《あや》かしには容赦ないが、決して歴史を動かすような生身の人の子には手を出さなかった。

他にも誤算はあった。

〝歴史の流れ〟とやらである。

朝廷に仕える陰陽師には先を見通す目——千里眼も要求される。晴明の目から見ても、これまで取るに足らぬ存在であった武士どもに流れはある。歴史とやらが武士に味方しているのだ。崇徳の血文字も呪いではなく、冷徹に歴史の流れを観察した上での予言であったのかもしれない。

不世出の陰陽師・安倍晴明の力をもってしても、その流れは変えられなかった。

平氏を潰《つぶ》しても、源氏が台頭する。

源氏を叩《たた》いても、北条《ほうじょう》氏が政権を握る。

「狐の子ごときを頼ったのが間違いであったわ」

こうして、安倍晴明は朝廷から追われた。

時は流れ、武士の世は続いた。

かつて権力を握っていた皇族や公家たちは権力を奪われ、源氏の子孫を名乗る徳川家康とやらが江戸に幕府を開くと、

「もう二度と朝廷が政《まつりごと》を行うことはあるまい」

と、時の天皇でさえ権力を取り返すことを諦《あきら》めた。

それほどまでに徳川家康という男は巨大な力を持っていた。

武力を持たぬ朝廷が、奪われた権力を武士から奪い返すには、鎌倉《かまくら》幕府を倒した後醍醐《ごだいご》

天皇がそうであったように、呪術に頼るしかなかった。

呪術といっても、権力者を呪い殺すわけではない。

かつての鎌倉幕府や室町《むろまち》幕府のように、骨肉の争いを起こさせるため、心の弱い者に付け込むのである。

しかし、家康という男は朝廷の力をぴしゃりと抑えた。

禁中並公家諸法度で行動を規制し、さらに、江戸の町に東西南北に四神《しじん》を配し、鬼門・裏鬼門に寺を置いた。

もはや呪術で徳川を呪うことも、陰陽師の式神を使うこともできなかった。

「時を待ちましょう。我が御子《みこ》よ」

葛葉姫は言ったが、その言葉には力はなかった。


長い歴史を持つ京の都には、数え切れぬほどの怨霊《おんりょう》が漂っている。怨霊の多くは、この世を恨みながら死んで行った連中である。怨霊は鬼となり、陰陽師に仕える式神となる。

京を捨て、信太の森で暮らしている晴明も自分の僕《しもべ》となるに値する式神を求めて、怨霊の町を歩くことがある。

もちろん、陰陽師と名乗りはしない。

巷《ちまた》には怨霊を退治して銭を稼ぐ連中が無数におり、晴明も市井の祓魔師《ふつまし》を名乗った。

式神にする価値のない怨霊は、紙人形が紙細工の刀で斬り裂き消してくれた。

――晴明、退屈だわ。

紙人形が欠伸《あくび》をする。

武家に権力を奪われ五百年の歳月が流れる。

蚊帳《かや》の外に置かれた皇族や公家《くげ》たちは活気を失い、人を恨む気力さえも残されていなかった。

都を彷徨《さまよ》う怨霊さえもおとなしくなっていた。式神として使うに値する怨霊など一匹もいない。

もはや京の都にやって来る理由もなくなったようであった。

晴明は紙人形を右肩に乗せると信太の森へと帰った。もう二度と人の世に出ることはないように思えた。

そんなある日、晴明は強い怨念《おんねん》を感じた。

その怨念は平和で豊かな町となったはずの江戸から流れて来る。

――生霊《いきりょう》よ、晴明。

人の怨《うら》みに敏感な紙人形が教えてくれる。

耳を澄ませば、天下を取ったはずの武士どもの恨み辛《つら》みが、信太の森まで聞こえて来るのだ。四神を配して外からの呪《しゅ》を防いだ江戸の町に、徳川の味方であるはずの武士たちの怨念が渦巻いている。

「ほう――」

思わず笑みが零《こぼ》れた。

京をしのぐほどの都市になりつつある江戸で、しかも朝廷の敵であるはずの武士たちが生霊となるほどの怨念を発しているのだ。

古来、権力というのは、多くの人の骸《むくろ》の上に築かれるもので、ただでさえ怨みを買いやすい。それを時の権力者が、おのれの器で黙らせるものだが、徳川は骸どころか身内も抑え切れなくなっているようだ。

五百年前の借りを返す機会なのかもしれぬ。

晴明は紙人形を肩に乗せ、葛葉姫とともに江戸へ向かった。

そして、江戸に一歩、足を踏み入れたとたんに生霊の正体は分かった。町に痩《や》せこけた浪人が溢《あふ》れているのだ。

それだけではない。

道端には飢え死んだと思える浪人の骸が転がっている。

烏に目玉を啄《ついば》まれながら、かつて武士だった骸は徳川を呪っていた。

五百年ぶりに武士から権力を取り戻す時が訪れたようである。

## 2

江戸の町には、家康のやって来る前、それこそ、ただの草深い田舎だった時代から棲みついている妖狐が何匹もいる。山を崩し海を埋め立て、町が拓《ひら》かれると妖狐たちは邪魔者扱いされた。

棲み慣れた土地を奪われつつある妖狐たちは、一様に人の子を嫌っていた。

――味は悪くないけどねえ。

人の味をおぼえた妖狐は、赤い舌をちろりと見せた。

町が拓かれ、確かに闇は減ったが、妖狐たちにしてみれば〝餌〟が増えただけなのだろう。

ときおり、涎《よだれ》を、つうと垂らしている。

しかし、妖狐は江戸を離れるつもりであるという。

――妖怪《ようかい》退治師さ。

京の町と同様、江戸にも妖怪退治を生業《なりわい》とする者が現れたのであった。そして、その男は浪人であるらしい。

妖狐は男のことを〝妖《あや》かし斬り師〟と呼んだ。

――武士ごときに妖かしが退治できるわけないわ。

紙人形が口を挟んだ。

妖狐は紙人形と葛葉姫、そして晴明をちらりと見て言う。

――あんたらくらい妖力があれば負けやしないだろうさ。でも、おいらの手に負える相手じゃねえさ。

「ほう」

晴明は興味を引かれた。

目の前の妖狐は、妖かしと言うのも恥ずかしい程度の小物であったが、それでも紙人形の言うように武士ごときに負けるとは思えなかった。

――あいつは化け物の仲間だと思うよ。家康の血まで引いてやがる。

そう言って肩をすくめると、妖狐は江戸の闇に消えて行った。

「面白くなって来ましたね」

黙って話を聞いていた葛葉姫がうれしそうに笑った。

人を斬るしか能がないくせに、武士というのは気位《きぐらい》だけは高くできている。

相馬時国という男も自分の剣に自信を持ちながらも、心の底では明日をも知れない浪人暮らしに倦《う》んでいた。

「江戸でいちばんの妖かし斬り師」

と、呼ばれることで、辛うじて剣士としての自尊心を保っているのだ。

「狸がいますね」

葛葉姫が不快そうな顔を見せた。

どんな経緯があるのか知らぬが、時国のそばには見おぼえのある狸娘がいた。武士など物の数でもないが、この狸娘は、少々、厄介である。

だが、時国は妖かしに助けられることを潔しとしないのか、たいてい一人で動いていた。

——馬鹿な男ね。

紙人形は呟《つぶや》いた。

晴明は呪を唱え、紙人形や千方の四鬼、それに京で拾った鬼や怨霊《おんりょう》を時国の身辺に放った。時国は晴明の放った式神どもに歯が立たず、斬ることができなかった。

いとも簡単に時国の自尊心は崩れ落ちた。

晴明は京の祓魔師を名乗り時国に近づき、その心を蕩《とろ》かした。呪術《じゅじゅつ》を教える振りをして、その実、時国自身に術をかけ、言いなりになるように時国の心を作りかえた。

本人は気づいていないだろうが、このときすでに時国は晴明の式神となっていたのである。

「武士を根絶やしにしましょう」

葛葉姫は言った。言葉にはしなかったが、晴明もそのつもりだった。

虫けらというやつはしつこいもので、叩《たた》いても叩いても次から次へと湧いて来る。五百年前も、平氏を叩けば源氏が出、さらには北条氏まで出て来た。根絶やしにしてしまった方が早い。

武士にとって神である家康の血を引く時国の存在は都合がよかった。

「将軍になりなさい」

と、呪を囁《ささや》くと、他愛《たわい》もなく時国はその気になった。

自分の父・二郎三郎を殺し、風魔を乗っ取り、邪魔になりかねぬ柳生十兵衛を殺した。四神《しじん》の中央に位置する黄泉《よみ》となると、江戸の魔物除《よ》けの四神相応は骨抜きになった。さらに、時国は浪人どもを扇動して幕府を揺さ振った。

止《とど》めとばかりに、時国は晴明の力を借りつつ陰陽道の草人形《くさひとかた》の術を使い、徳川に怨みを持つ歴戦の戦国武将を帰煞《きさつ》として地獄から蘇《よみがえ》らせた。

長宗我部《ちょうそかべ》元親《もとちか》。

武田《たけだ》信玄《しんげん》。

上杉謙信《うえすぎけんしん》。

そして、真田幸村。

いずれも一騎当千の武将であり、鈍《なまくら》となった徳川の手に負える相手ではない。合戦から遠ざかった全国の武士もろとも皆殺しにできるはずであった。

しかし、ひとりの剣術使いが邪魔をした。

〝ちょんまげ、ちょうだい〟

相馬時国の息子・小次郎だった。

いっそう面倒なことに小次郎の隣には、狸娘がいて、さらに柳生十兵衛の息子と丸橋忠《ちゅう》弥《や》の娘の姿があった。この二人も剣術をよく使う。

四神たちとも合流した小次郎に、かつて戦国の勇者だった帰煞どもは歯が立たず、よりによって真田幸村が寝返って小次郎の味方となった。

「虫けらの分際で腹の立つ男よ」

晴明は呟くと、葛葉姫と紙人形を連れ、江戸城を手中に収めた。

こうなったからには泰山府君の祭で家康を蘇らせるつもりだった。

現世に家康が蘇れば、徳川は二つに割れ、再び武士が武士を殺し合う戦乱の世の中がやって来るはずである。

〝泰山府君の祭〟を執り行ったとしても、もともと妖狐の血を引く晴明と違い、人にすぎぬ家康を生き返らせるのは手間がかかる。

しかし、平和な世を再び戦乱に戻すには、帰煞ではなく、本物の徳川家康が必要であった。人が妖かしに従うことはない。

──面倒くさいわね。

紙人形の文句を聞き流しながら、家康ゆかりの天守閣を再建し、泰山府君の祭のための祭壇を作った。

準備が整うまでの時間稼ぎに、家康を蘇らせるという言葉を餌に〝江戸城の守《も》り人〟たちに小次郎たちの相手をさせた。

「殺すな」と命じてあったが、言うことを聞くと思えず、場合によっては〝江戸城の守り人〟など陰陽師《おんみようじ》の力で消してしまうつもりでいた。とにかく、その間に家康を蘇らせることができるはずであった。

時国を祭壇に連れて来るまでは計画通りだった。

だが、予想外の出来事が起こった。

千方の四鬼に首を刎《は》ねられた後、冥界《めいかい》から帰って来たのは徳川家康ではなく、その息子・信康――つまり、時国の父の影武者二郎三郎であった。あの世に行ってまで、二郎三郎は影武者として家康の身代わりになったらしい。

あの世に倦んでいたのだろう。二郎三郎は晴明の手下となった。

「小次郎を使えばよかろう」

二郎三郎の言葉に晴明はうなずいた。もはや、あの世には影武者はいないのだから、小次郎を捧《ささ》げれば家康が帰って来るはずである。今度こそ泰山府君の祭は成功するはずだ。

晴明は天守閣の五階に小次郎を呼び入れた。

時国と同様、千方の四鬼相手に小次郎は、手も足も出なかった。

晴明は泰山府君の祭を始めるべく、千方の四鬼に呪《しゅ》をかけた。

これで千方の四鬼たちは小次郎を冥界に送るまで、五芒星《ごぼうせい》の敷物の外に出られなくなった。

そのとき、思いがけないことが起こった。

「ちょんまげ、ちょうだい。陰陽師の御命、ちょうだい致し候う」

二郎三郎が晴明に刃《やいば》を向けたのだった。

汚らわしい武士らしく、二郎三郎は詐術を弄《ろう》していたのだ。最初から陰陽師の手先になるつもりはなかったのであろう。

千方の四鬼が五芒星の敷物から出られなくなるのを待っていたのだろう。

（馬鹿め）

晴明は舌打ちしたが、最初《はな》から武士など信じていない。二郎三郎が斬ったのは、晴明ではなく、術をかけた身代わりの藁人形《わらにんぎょう》であった。

晴明は死んだふりをし、千方の四鬼も五芒星の敷物の上で消えたふりをして見せた。

それから、隙だらけの二郎三郎の背中に、榊《さかき》の刀を突き立ててやった。

二郎三郎は血を流しながら惨めに死んで行った。

後は相馬小次郎を残すのみとなったとき、轟音《ごうおん》とともに壁が吹き飛び、狸娘が天守閣に入って来た。

はるか下の地べたでは紙人形と葛葉姫が倒れていた。息の根を止められているのか、紙人形も葛葉姫もぴくりとも動かない。

そして、瞬く間に千方の四鬼を討ち滅ぼすと、狸娘は晴明を見て言った。

「許しませぬ」

気の遠くなるような大昔から、死んでは生き返るを繰り返して来た晴明だったが、とうとう終わりの時がやって来たらしい。

晴明が火を使えば狸娘は水となり、大水を起こせば灼熱《しゃくねつ》の炎となった。枯れ葉は鎧《よろい》のように狸娘を守っている。

信じられぬ話だが、不世出の陰陽師・安倍晴明より狸娘の妖術《ようじゅつ》の方が一枚も二枚も上だった。

そのくせ狸娘は目に涙をためている。

狐の子である晴明には、狸娘の気持ちが手に取るように分かった。

「もう人の里では暮らせぬな」

と、言ってやった。

# 3

恋しくば尋ね来てみよ
和泉なる信太の森のうらみ葛《くず》の葉

そんな一首を障子に残して、母・葛葉姫が人里から姿を消したのは、晴明が三歳のころだった。

その年、例年にも増して庭の菊が美しく咲いていた。

野山で生まれ育った葛葉姫は花を好む。あまりの菊の美しさにそれまで人の姿であったことを忘れ、狐の本性を見せてしまった。

すると、〝狐女房〟と評判が立ち、それまで親しく接していた人の子たちは手のひらを返した。

大雨が降っても葛葉姫のせいにし、旱《ひでり》に襲われても葛葉姫のせいにした。その他にも、疫病や地震や火山噴火の天変地異も葛葉姫が引き起こしたと言いがかりをつけた。

町内で火事が続くと、人々は葛葉姫のせいにし、その身柄を引き渡せと晴明の父・安倍益材《ますき》に迫った。

最初は抗《あらが》ったが、しょせん益材も人の子にすぎず、葛葉姫を差し出した。

四半刻《しはんとき》後、益材の家の前に骸《むくろ》が並び、庭の菊は散っていた。そして、葛葉姫は人の世から消えた。

晴明は今でも散ってしまった菊をおぼえている。

だから、晴明は狸娘に聞く。

「仲間にならぬか？」

晴明自身も〝化生《けしよう》のもの〟であるし、葛葉姫も紙人形もいる。妖《あや》かしとしての本性を隠して人の世で生きることはあるまい。

そもそも陰陽師をしのぐほどの妖術を見せてしまった以上、いたずら者の狸として暮らすことは難しい。

「人の子など殺してしまえばいい」

葛葉姫に殺された連中の姿が、菊の花びらとともに思い浮かんだ。

晴明は「呪」と念を送った。

すると、桔梗《ききよう》紋の小袖《こそで》の炎が大きくなり、鳳凰《ほうおう》のように羽ばたきながら町中に火を振り撒《ま》いている。半鐘の音が大きくなり、天守閣からも火が見えた。目をさました人々が騒ぎ始めている。

江戸の町が塵灰《じんかい》と化すのも時間の問題だった。この大火を消すためには、ぽんぽこが町人たちの前で術を使うしかあるまい。

「小次郎様……」

狸娘は小声で呟《つぶや》くと、小次郎にぺこりと頭を下げた。面妖《めんよう》な小袖が舞う中、術を使ったら、町人たちに何を言われるか分かっているのだろう。

「ぽんぽこ、おぬし――」

と、何やら言いかけた小次郎を遮るようにして、ぽんぽこは、どこからともなく大きな枯れ葉を取り出すと、ちょこんと自分の頭に載せた。

「火事はぽんぽこが消して参ります」

そう呟くと、両手で忍者のような印《いん》を結び、

「ぽんぽこッ」

と、呪文《じゅもん》を唱えた。

狸娘の小さな身体がどろんと煙に包まれ、やがて、嘴《くちばし》の尖《とが》った一羽の燕《つばめ》となった。火を消しに行くつもりなのだろう。

「行かせるものか」

晴明は燕の前に立ち塞《ふさ》がったが、燕の姿を見たのはそれが最後だった。

ひゅん――

――という音が聞こえた。

そして、晴明の心の臓に穴が空いていた。燕に突き破られたらしい。

次の瞬間、晴明の前にソハヤノツルギを持った相馬小次郎が立っていた。

「終わりだ、陰陽師《おんみょうじ》」

最期にそんな言葉が聞こえた。

## 4

いくら消しても、きりがなかった。

途中からやって来た白額虎に跨《また》がりながら白刀を操る弥生の体力も尽きかけていた。

横を見れば、廉也が咳《せ》き込み始めている。柳生の御曹司《おんぞうし》にも限界が来ていた。

白額虎の力を借り、宙に上がって桔梗紋の小袖を斬ろうとしたが、近づくとひらりひらりと逃げてしまう。白額虎の速度では、軽やかに宙を舞う桔梗紋の小袖に追いつくことはできなかった。

陰陽師の呪いが解けたのか、町人たちが火事に気づき騒ぎ始めている。

――いかんのう。

そう呟くと、白額虎が白刀と青刀を取り上げた。

町人たちの前で、廉也や弥生が化け物扱いされぬように気を遣ったのだろう。

しかし、すると、火を消す者がいなくなる。

火消しが姿を見せたが、ひらひら、ひらひらと空を舞う桔梗紋の小袖をどうにかできるわけもなく、火は町中に広がりつつあった。

町人たちは火を消すことを諦《あきら》め、右往左往に逃げ始めていた。手に負えぬと見たのか、火消しも逃げかけている。

——おぬしらも逃げた方がよいようだのう。

白額虎が言ったとき、弥生たちの目の前に、ひゅうと一羽の燕が舞い降りた。どろんと白い煙を吐くと、燕は美しい町娘——ぽんぽこになった。

「こんなところに来ては危なかろう」

弥生は自分を慕ってくれている狸娘に声をかけたが、いつもとぽんぽこの様子が違っている。

ぽんぽこは白額虎から、無理矢理のように白刀と青刀を奪い取ると言った。

「白額虎様、弥生様と廉也様をよろしくお願い致します」

——これ、待てッ。待たぬか、ぽんぽこッ。

白額虎の声を尻目《しりめ》に、ぽんぽこは獣のように軽々と屋根の上に登って行く。

二本の刀を持って屋根の上で立っているぽんぽこを見て、町人たちが騒ぎ出す。

「あんなところに娘っ子がいやがるぜ」

「おいッ、危ねえから降りて来いッ」

自分たちの身も危ないというのに、町人たちはぽんぽこを心配している。

そんな騒ぎの中、ぽんぽこは桔梗紋の小袖に二本の刀を翳《かざ》した。

「これは……」

弥生は呟いた。

いつの間にか、ぽんぽこの身体が大人ほどに膨れ上がり、狸の尻尾《しっぽ》が見える。さらに、能の赤頭《あかがしら》を思わせる獅子《しし》のような紅色の髪が広がった。長い紅色の髪に隠れてぽんぽこの顔は見えない。

それまで騒いでいた町人たちが、しんと静まり返る。

凍りつくような沈黙の後、妖かしの本性を見せたぽんぽこを見て「化け物だ」「この火事もあいつのしわざに違いねえ」などと言い始めた。

「お別れでございます」

ぽんぽこは呟くと、絵草子の天狗《てんぐ》のように、ふわり――

――と、宙に舞った。

桔梗紋の小袖の前まで飛ぶと、長い紅色の髪と数え切れぬほどの枯れ葉をうねらせながら、白刀と青刀の二刀流で、

すぱん、すぱん――

――と、桔梗紋の小袖を四つに斬った。

桔梗紋の小袖は、さらさらと灰になり、その灰は雨雲を呼んだ。氷混じりの冷たい雨が降り始め、町場に広がる赤い炎を消してくれた。

静まり返った氷雨の中、ぽんぽこはいつまでも雨に打たれていた。

# 顚末　ぽんぽこ、山へ帰る

暖かい風に乗って、薄紅色の山桜の花びらが舞っている。

陰陽師や戦国の亡霊たちと戦った〝ちょんまげ、ばさら〟事件が終わるのを待ったように、江戸の町に穏やかな春が訪れた。あれほど降っていた雪も、もうどこにも見当たらない。

寒くもなく、暑くもない、貧乏人たちにとって最もやさしい季節である。

そんな春の昼下がり、町娘姿に戻ったぽんぽこは白額虎を連れ、山に続く道を歩いていた。家出娘か泥棒のように、ぽんぽこは小さな唐草模様の風呂敷包《ふろしきづつ》みをちょこんと首の後ろに背負《しょ》っている。

普段でも滅多《めった》に人が通らぬ道のことで、ぽんぽこと白額虎の他には、見渡すかぎり人影一つ見当たらない。

「白額虎様、泣いてはいけません。涙で歪《ゆが》んで前が見えなくて危のうございます」

ぽんぽこはめそめそしている白額虎を叱ってやった。

――すまんのう……。

白額虎は素直に謝った。

その言葉を聞いて、さらにぽんぽこの目の前が、ぐにゃりと歪んだ。

「泣いても仕方ございません、白額虎様」

そう言ったつもりが、しゃくり上げてしまい、まともな言葉にならなかった。

ぽんぽこの背負っている風呂敷包みの中には、小次郎が買ってくれた着物が何枚も入っている。小次郎は馬鹿だから、貧乏で食うものもないくせに、ぽんぽこに着物を買ってくれた。

山で狸として生きるのだから、人の娘の着物などはいらないはずだが、気づいたときには小次郎に買ってもらった着物を背負っていた。

「お山に行っても、着物があれば白額虎様も寂しくありません」

ぽんぽこは白額虎を慰めてやった。

――そうだのう。

穏やかな春の日射しの下を歩いていると、〝ちょんまげ、ばさら〟事件などなかったように思える。

「たくさんの人が死んでしまいました」

小次郎や廉也、弥生、そして町の人々と別れたくなくて、ぽんぽこは妖《あや》かしとしての本性を隠していたのだ。

いや、隠していたのではなく、陰陽師《おんみようじ》をしのぐほどの妖力を持っていることを思い出さぬようにしていた。

悪魔のような力を持つ妖かしであることなど忘れて、ただの狸娘として小次郎と暮らしていたかったのだ。

「猫を被《かぶ》っておりました」

——おぬしは狸だがのう……。

江戸から離れ山に近づくにつれて、木々が増え道が険しくなり、兎や猿のような山に棲《す》む獣たちがときおり姿を見せ始めた。

目の前の藪《やぶ》が、かさりと動いた。

また獣でも現れたのかと思っていると、懐かしい顔が藪から飛び出した。

「ど、ど、どうして、ここにいるのですか、小次郎様……」

ぽんぽこは目を丸くする。

藪から顔を出したのは、長屋で寝ているはずの小次郎だった。わざわざ藪の中を走って先回りしたらしく息が切れている。

小次郎はぽんぽこに真面目な顔で言う。

「それが困ったことになった」

「困ったことと申しますと？」

ぽんぽこは聞いた。

「家賃を払えず長屋を追い出されてしまった」

聞けば、長屋の家賃の他にも、米屋だの味噌《みそ》屋だのと数え切れぬ店に借金がかさんでいるらしい。

ため息をつくと、小次郎は独り言のように呟いた。

「こうなった以上、おぬしと一緒に山に逃げるしかなかろう」

それから、小次郎はぽんぽこの風呂敷包みを奪い取ると右手にぶら下げ、さっさと先に行ってしまった。

「小次郎様……？」

戸惑いながらも、ぽんぽこは白額虎を引っ張るように連れて、小次郎の後を追いかけた。

「待ってくださいませ、小次郎様」

「早く来ないと、口入れ屋のおかみに作ってもらった弁当を先に食ってしまうぞ」

「お弁当でございますか？　ぽんぽこは玉子焼きを食べとうございます」

ぽんぽこに引っ張り回されながら、白額虎が迷惑そうな顔で呟《つぶや》いた。

——相変わらず、うるさい連中だのう。

了

本作は書き下ろしです。

# ちょんまげ、くろにくる

## ぽんぽこ　もののけ江《え》戸《ど》語《がた》り

高《たか》橋《はし》由《ゆ》太《た》

角川文庫 17312

平成二十四年三月二十五日　初版発行

発行者—井上伸一郎

発行所—株式会社角川書店
東京都千代田区富士見二—十三—三
電話・編集　(〇三)三二三八—八五五五
〒一〇二—八〇七八

発売元—株式会社角川グループパブリッシング
東京都千代田区富士見二—十三—三
電話・営業　(〇三)三二三八—八五二一
〒一〇二—八一七七
http://www.kadokawa.co.jp

印刷所—旭印刷　製本所—BBC

装幀者—杉浦康平



た 62-3　ISBN978-4-04-100194-3　C0193

# 角川文庫発刊に際して

角　川　源　義

第二次世界大戦の敗北は、軍事力の敗北であった以上に、私たちの若い文化力の敗退であった。私たちの文化が戦争に対して如何に無力であり、単なるあだ花に過ぎなかったかを、私たちは身を以て体験し痛感した。西洋近代文化の摂取にとって、明治以後八十年の歳月は決して短かすぎたとは言えない。にもかかわらず、近代文化の伝統を確立し、自由な批判と柔軟な良識に富む文化層として自らを形成することに私たちは失敗して来た。そしてこれは、各層への文化の普及滲透を任務とする出版人の責任でもあった。

一九四五年以来、私たちは再び振出しに戻り、第一歩から踏み出すことを余儀なくされた。これは大きな不幸ではあるが、反面、これまでの混沌・未熟・歪曲の中にあった我が国の文化に秩序と確たる基礎を齎らすためには絶好の機会でもある。角川書店は、このような祖国の文化的危機にあたり、微力をも顧みず再建の礎石たるべき抱負と決意とをもって出発したが、ここに創立以来の念願を果すべく角川文庫を発刊する。これまで刊行されたあらゆる全集叢書文庫類の長所と短所とを検討し、古今東西の不朽の典籍を、良心的編集のもとに、廉価に、そして書架にふさわしい美本として、多くのひとびとに提供しようとする。しかし私たちは徒らに百科全書的な知識のジレッタントを作ることを目的とせず、あくまで祖国の文化に秩序と再建への道を示し、この文庫を角川書店の栄ある事業として、今後永久に継続発展せしめ、学芸と教養との殿堂として大成せんことを期したい。多くの読書子の愛情ある忠言と支持とによって、この希望と抱負とを完遂せしめられんことを願う。

一九四九年五月三日

〝ちょんまげ〟シリーズ第1弾!!
ちょんまげ、ちょうだい
ぽんぽこ もののけ江戸語り
高橋由太
美貌の剣士と
妖《あや》かし娘、
行く先々に
事件あり!
絶賛発売中
角川文庫
イラスト／Tobi